KB165118

나를 감상하다

나를 감상하다

초판인쇄일 | 2013년 4월 1일
초판발행일 | 2013년 4월 19일

지은이 | 신승철
펴낸곳 | 도서출판 황금알
펴낸이 | 金永馥

주간 | 김영탁
실장 | 조경숙
편집 | 칼라박스
인쇄제작 | 칼라박스
주 소 | 110-510 서울시 종로구 동숭동 201-14 청기와빌라2차 104호
물류센타(직송 · 반품) | 100-272 서울시 중구 필동2가 124-6 1F
전 화 | 02) 2275-9171
팩 스 | 02) 2275-9172
이메일 | tibet21@hanmail.net
홈페이지 | http://goldegg21.com
출판등록 | 2003년 03월 26일 (제300-2003-230호)

값 15,000원

ISBN 978-89-97318-40-7-03810

시인 · 정신과 의사 신승철의 행복 에세이

나를 감상하다

신승철 지음

황금알

머리글

이 산문집은 최근 이삼 년 동안 여기저기에 기고했던 글 가운데 많은 사람이 공감할 수 있다고 나름 생각한 글들만 골라 모아 본 것이다.

나날의 우리 일상생활이 그렇듯 대개의 글에 드라마틱한 소재는 없다. 일상에서 겪은 경험을 나름 성찰한 것들이 대부분이다. 의사로서의 임상 경험을 무미건조하게 나열하는 지루함을 피하려고 될 수록 일반 사람들과 공감을 나누려는 의도에서 개인적인 소회나 의견을 자유롭게 썼던 바다.

어느 글은 정신건강 전문의로서 다른 글은 시인의 눈으로, 또는 철학적 성찰을 한 글이기도 할 것이다. 내 종교관도 간접적으로 피력해 본 것 같다. 간혹 어떤 메시지를 던진 내용이 있긴 한데, 그것은 역시 우리가 깊이 궁구해야 할 삶의 문제에 대한 한 가지 가능성으로서의 제안에 불과한 것일 터다. 생로병사에 따른 주제가 많다. 함께 참구해야 할 주제들이 아닌가, 생각했다.

얼핏 보아 글 소재가 다양한 것으로 비칠 것이다. 그 다양함이 산만하게 드러나지 않기 위해 글의 분류와 소재의 배열에 적잖은 신경을 썼다. 분에 넘치는 욕심 같지만 이런 노력에 독자들이 내 기대 이상으로 풍성한 사색과 감성을 느꼈으면 하는 바람이다.

이제 80대 중반에 들어선 내 모친. 80세에 들어 한글을 배워 지금은 꽤 글자를 보고 읽으실 줄 안다. 다정하시고 눈물 많고 오랫동안 파란만장한 삶을 이끌어 가신 내 위대한 어머니의 무릎 위에 작은 정성의 이 책을 올려놓고 싶다. 몸이 불편한 아내에게도 작은 선물로 바친다.

초기에 출판사에 꽤 많은 분량의 원고를 내밀었는데 그 가운데 고르는 작업을 하느라 애를 쓰고, 글의 분류와 배열에도 많은 시간을 뺏어 미안하고 고맙다는 인사를 황금알 편집부에게 드린다. 끝으로 황금알 출판사 김영탁 사장의 깊은 관심과 배려에 사랑과 감사의 마음을 전한다.

2013년 1월 중순경
'얻은 것도 없고, 말한 것도 없다'는
고따마 붓다의 말씀을 상기하며
신승철

차례

Part 1
'귀여운' 노인들

Part 2
자살 예방 고찰

Part 3
자전自轉 시네마 명상

Part 4
나를 감상하다

Part 5
'성찰'에 대하여

Part 6
사랑의 노래, 자비의 노래

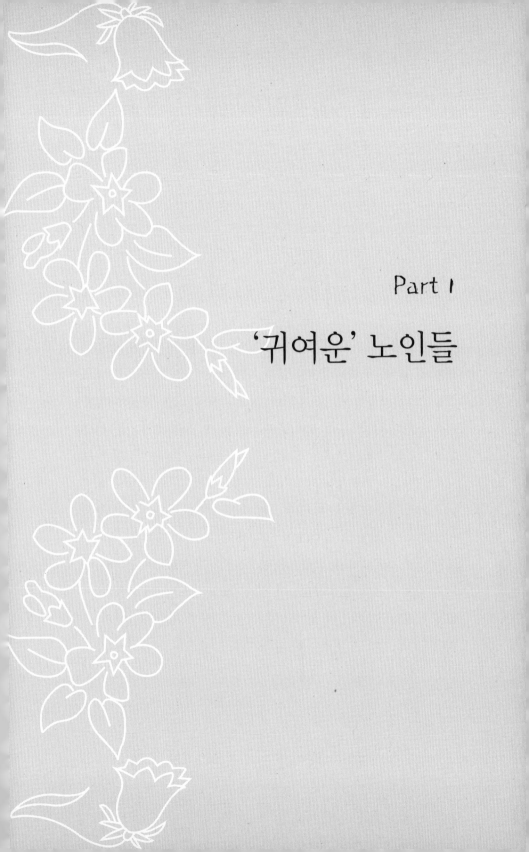

Part 1

'귀여운' 노인들

'귀여운' 노인들

　노인 병동을 오래 운영하다 보면 절로 노인들의 병리적인 삶에 동화되어 간다는 느낌이 들기도 한다. 아침 출근 무렵 차 열쇠를 잊고 주차장으로 서둘러 내려갔던 일이나, 어느 저녁 집 현관문의 비밀번호를 누르다 잠시 '섬망' 상태에 빠졌던 일. 어떤 책을 읽었는데 채 일주일도 안 지났건만 무얼 읽었는지, 그 소식이 감감하다. 다만 그 내용 이미지만 희미하게 남아 있을 뿐이다. 물론 이런 현상이 노인환자를 자주 만난 탓은 아니다. 그러나 병증이 심한 노인환자 경험에 대한 순응 탓인지, 그런 일로 스트레스받는 일이 거의 없어서다. 전과 달리 주의력이 좀 떨어졌음에도 정상이니 비정상이니 굳이 따지고 싶은 마음도 생기지 않는다. 혹여 치매 같은 병으로까지 가지 않겠나, 한두 번 의심이 일기도 했지만 부지중에 이런 생각마저 곧 잊어버리고 만다. 낙천적인 내 성격 탓도 있겠으나, 사실 이런 무無

건강 염려증은 병동 생활에서 얻은 이미 '늙어버린' 내 마음의 영향 탓도 있어서 일게다.

병동에서 겪은 경험들이란 대체로 이러하다. 치매 반, 우울증에 걸린 한 할머니였다. 젊어서는 활발했고 조급했던 성격이나, 십여 년 전 남편과 사별했다. 장기간의 애도 반응에 따른 우울증을 방치한 탓에 초기 치매가 악화된 경우다. 회진 때마다 내 손을 붙들며 퇴원시켜달라고 안달해 한다. 하나 매번 그때일 뿐, 그후로는 다른 환자들과 화평하게 잘 지내신다. 현재, 이곳에서 그냥 충실히 지내는 단순한 삶인 셈이다. 조용하고 말수 적은 다른 할머니. 6층 병실에서 지내시는데, 7층에서 프로그램 활동하다 다시 돌아갈 때쯤, "제가 몇 층이예요" 묻는다. 거의 매일 "6층"이라 대답해주건만, 그때마다 너무 고마워하는 모습이다. 아하, 저 어르신 지난날 건강했을 적엔 저렇게 상냥하고도 아름다운 마음씨 가졌겠다는 생각이 스친다.

병 전엔 잔뜩 돈 욕심도 많았고 자식들 간섭도 심했던 할아버지. 이 병 걸린 뒤 아무런 걱정 없어 보인다. 그 무감각이 뇌의 병 때문이겠지만, 어찌 됐든 표정은 무덤덤, 평온한 하심의 마음이다. 질병으로도 자신의 카르마(업)를 소멸시키는 게 가능하지 않겠나, 의구심도 든다.

반쯤 치매에 걸린 할머니가 있는데, 어찌 된 일인지 가무 활동 시간만 되면 멋진 옛 춤솜씨가 그대로다. 신기하게도 자식들은 어머니의 이런 재능을 전혀 알지 못했다. 노인이 돼서도, 자신만의 자유와 해방 공간은 따로 있어야 한다고 말하는 것 같다. 처음 붓글씨를 배우며 어느 날은 자신이 쓴 것을 아주 대견스러워한다. 이를 딸에게 꼭 선물로 줄 거라 다짐하며, 혹시 분실될까 염려한다. 늘어서도 창조의 기쁨은 여전한 것이고 함께 나눠야 더 뿌듯한가 보다. 소꿉장난인 듯, 침대 곁 소지품을 갖고 토끼를 키우는 흉내를 낸다. 잃어버린 동심의 세계에 대한 그리움의 몸짓이다.

노인들은 그간 모셔왔던 예수상像도, 부처상像도 대부분 기억 속에 희미하게 지워져 간다. 또 '무엇이 되기'를 이제는 모두 그만두었다. 힘없고 나약해 보여도 그냥 '존재'하며, 말 없음 가운데도 자식들이 잘되기를 바라는 마음만은 한결같다. 치매 환자들의 얼굴에도 가끔은 명료하고 순수한 눈빛이 감돈다. 해맑게 웃으며 표정으로 감사해 하는 마음을 보여주기도 한다. 그런 '바보 같은 존재감'들이 어김없이 내겐 '귀엽게'만 보인다. 그 따뜻한 슬픔과 함께.

노인 병동 생활사

어머니에게 남은 시간은 일주일을 채 넘기기가 어려웠다. 복수는 보름달만큼 차올랐고, 소변줄이 끼워져 있긴 하나 신장 기능도 엉망이어서 소변량도 시원치 않다. 전신의 기운도 그 맥도 다 풀려 버렸음이다. 암 말기다. 두 아들과 딸은 그즈음 임종 가까운 어머니 앞에서서 침대 양쪽에서 어머니의 손을 붙잡고 마음속 기도를 올린다. 어머니와 영원히 함께하고 싶다고. 생전에 어머니는 이야기 솜씨 좋고, 지혜롭고 자비로웠다. 암세포가 온몸에 퍼져 이젠 숨소리까지 고통스럽게 들려와 자녀들의 마음은 더욱더 아팠다. 아들은 종교가 없었다. 그럼에도 저도 모르게 하느님을 찾고 기도를 드린 것이었다. 하나 어머니의 속마음은 따뜻하게 어루만지는 손짓으로나 초연한 그 눈빛으로 보아, 이젠 나를 놓아주어도 된다는 뜻이었다. 그간 질병의 고초로부터 애를 태웠던 심정들이 모두 물 밑으로 가라앉

'귀여운' 노인들

15

고, 죽음도 두려움 없이 맞이하겠다는 평안의 눈빛이었다. 며칠 후 어머니의 호흡이 멈춘 뒤 두 아들과 딸은 조용했다. 아니 조용한 흐느낌 뒤에, 이상하게도 그날은 부드럽고 안온한 기운을 느꼈다고 했다. 어머니의 영혼이 몸을 떠나면서 아마 우리를 편안케 해주시고, 좋은 곳으로 가셔서 그런가 보다 술회했다. 창밖의 구름은 슬픔을 거둔 뒤 한가로이 하늘에 떠있는 풍경이었다. 아름다운 저녁노을 속으로 어머니는 그렇게 그림자 자취도 없이 자비로운 미소만을 자녀들의 뇌리에 남긴 채 떠난 것이었다. 장례 후 이틀 지나서였던가. 딸의 꿈속에 어머니가 아무 말 없이 미소 짓는 모습을 보이셨기 때문이란다.

노인 병동은 수시로 죽음을 맞는 곳이다. 눈에 선하던 그 노인들을 쓸쓸히 보낸 뒤 평온을 되찾곤 한다. 병동의 내부는 와병 상태의 노인들이 많아 생기가 없어 보인다. 또 무덤덤하고, 흰색의 죽음의 그림자만 드리워져 있는 양 보인다. 하나 그 속사정을 안다면 꼭 그렇지만은 않음을 느끼게 된다. 어머니 환자 얘기를 들었듯, 나도 자주 그런 새로운 경험을 통해 그 배움을 더해간다.

병원에는 각종 프로그램이란 게 있다. 그 중 노인들에게 관심이 높고 인기 있는 것으로 종교 활동과 붓글씨 등 예술 작업 관련 내용이다. 종교, 종파와 관계없이 대부분 노인들은 어느 종교 모임이든 참석하길 좋아하신다. 초청된 스님이 오시면, 그 법회에 기독교, 천주교 신자도 흔히 동참한다. 종교 간 울타리 같은 개념은 별 안중에

도 없음이다. "부처님도 똑같은 신 아니에요."라고 오히려 내게 되묻
는다. 목사님 사모님이기도 했던 어느 할머니의 지나가는 말씀이
시다. 불교 신자도 천주교나 기독교 목회 모임에 참석해, 같이 찬송
가도 부르고, 그 설교에 진중하게 귀를 세운다. 반 치매의 노인도 의
식은 성성해서 신앙에 대한 의지를 새롭게 다진다. 죽음에 대한 두
려움 때문만은 아니다. "날마다 성모님께 다 맡겨 놓고 살아요." 그
러면서 병원 앞쪽 구룡산에 신이 있다고도 믿는다. 아무렴 어떠하
리. 삶을 나름대로 완성시키고 싶은 그 마음이다. 단순해진 신앙심
이 내겐 오히려 순수하게만 보인다. 그뿐인가. 몸과 마음을 제대로
못 쓰지만, 지적 성취감은 여전한 노인들이다. 붓글씨를 배우고 그
간 써왔던 것을 비교해 보아 나아진 기색을 느끼면, 흡족감에 젖어
혼자 미소 짓곤 하는 모습이다. 칭찬받고 싶은 욕구는 매한가지다.
내심 나는 그 노인들이 '귀엽게'만 보이기까지 한다. 성취감은 늙어
도 줄어드는 것 같지 않다. 흘러간 옛 노래는 듣는 것보다는 몸소 함
께 부르는 게 한결 기분을 낫게 함이다. 감수성이나 인지 능력이 떨
어져 있더라도, 생활에 정작 그리 큰 문제는 안 된다.

자녀들이 문병 와 만나면 "어서 빨리 죽어야 될 텐데……."하고 푸
념어린 생각들을 주섬주섬 늘어놓곤 한다. 한데 내가 보기엔 그럼에
도 대부분 노인환자들은 희망을 품고 산다. 대소변 조절이 어려운
분도 어서 회복이 되어, "걷다가 죽을 수 있게 도와 달라." 한다. 침
대에 누워서도 그 염원을 염주로 달래며 기원한다. 한결같이 두 발

로 걷는다는 게 최종 소원인 것이다. 이럴 때 나는 모든 걸 하느님이나 부처님께 맡겨 놓으시라 격려해본다. 사후에 천당에 갈 거라는 희망을 품은 분이 더러 있긴 하나, 공통의 바람은 그래도 자식이 잘 됨이다. 요즘처럼 이혼이 잦고, 부부 갈등이 적지 않음을 알고 있는 노인들은 죽기 전에 자녀들이 행복하게 잘 사는 걸 보고, 눈 감고 싶다는 생각뿐이다.

90세가 넘는 노인들은 이렇게 오래 사는 게 부끄러운가 보다. 늙은 자식이 아프면 그 마음은 더 아프기만 하다. 자식들에게 짐이 되는 게 부담돼서다. 집안의 경제적 여력에 상관없이 덤으로 오래 사는 것도 세상에 미안하다는 생각이 드니 나는 간혹 그 '고마운' 마음을 자식들이 알아줬으면 하는 생각도 든다. 젊어서 자존심이 강했던 남성 노인들은 이렇게 수발 받으며 지내는 걸 못내 수치스럽게 여기기도 한다. 여성에 비해 남성들은 사고의 경직성, 회복 의지가 부족하다. 시무룩해 보이는 분이 많다. 젊어 술을 즐겨 드셨던 분, 마음 고생이 많았던 분은 "날 이대로 내버려 둬" 하는 태도가 눈에 띈다. 그 이면엔 역시 무증상 뇌졸중(뇌기능 쇠퇴로 인한 우울증) 영향이 많은 탓이다. 그렇다 해도 삶에 대한 희망이 없는 것은 아닌 것이다. 방문이 적은 노인일수록 행동이 위축되거나, 버림받은 느낌을 자주 갖곤 한다. 병이 웬만큼 회복되도 집으로 가시지 않으려는 분도 더러 있다. 집에 가봐야 수발에 관심을 가질 가족들 '눈치'가 보이고 외출이 자유롭지도 못해 감옥살이 하는 것 같아서다.

할배, 할망구의 연애사

　요즘 주말이 되면, 시내 북한산이나 청계산, 관악산 인근엔 등산객들로 엄청 북적댄다. 그 가운데 노인층도 상당수다. 노인층은 근래 부쩍 더 늘어난 느낌이다. 하산 뒤 근처 식당엔 남녀 장년층이나 노년층이 대부분. 끼리끼리 앉아, 술잔을 기울이는 모습들이다. 보아하니, 부부끼리 동참하는 모임이 있는가 하면, 그렇지 않은 모임도 적지 않은 듯하다. 간혹 산악반에서 만나, 뒤늦게 로맨스 같은 게 엮어지기도 하는 모양이다.

　일전에 나는 어느 할머니 한 분을 임상에서 본 적이 있다. 남편을 잃은 지 한 십년이 넘는다. 한데 어느 날, 같은 동네에서 살던 영감이 술에 취한 채, 혼자 사는 집안 방까지 쳐들어와, 성추행을 했다. 그런 사실은 어느새 주위에까지 알려졌다. 충격이 컸다. 창피스러운 게 더 곤혹스러웠다. 분한 마음에 고소까지 했다. 그러나 그 후 계속

'귀여운' 노인들

불면증, 울렁증으로 고생을 하고 있다는 얘기였다. 그런가 하면, 70세가 넘은 어느 독거 남녀 노인이 같은 동네에서 살다, 자연스레 연애를 하고 있는 중이란다. 한쪽의 할머니는 남편 사망 후 일 년도 채 넘지 않았다. 서울에 살던 아들·며느리가 이런 사실을 알고는, 아연 질색하는 눈치다. 또 다른 예. 화성 인근에 살던 어느 노모는 파출부로 일하다, 그 집 영감님과 눈이 맞았다. 물론 당시 두 분 다 싱글이었다. 한데 집 나갔던 영감의 처가 수년 만에 다시 돌아왔다. 그런 상황으로 노모는 그분과 헤어졌고, 그 상실감에 우울증이 생겼다. 6개월쯤 지난 노모는 지금 몰라보게 훨씬 노쇠해졌다. 기력이 너무 없어 보여, 영양제라도 맞고 싶다는 딸의 전언이다.

노령화 사회로 우리의 65세 이상 노인 인구는 이미 500만 명이 넘는다. 우리 사회 역시 노령화 사회에 따른 제반 문제를 선진국처럼 본격 논의도 하고, 제도도 정비하는 중이다. 하나 건강한 독거노인들의 이성 문제를 비롯한 문화적 논의는 아직 논외의 영역인 듯싶다. 이 때문에 노인들은 이런 부류의 문제 관련, 여간 불편한 입장이 아니다. 먼저 성인 자녀들이 바라보는 입장의 문제가 있다. 아직도 성인 자녀들 상당수에선, 노부모 중 한 분이 다른 분과 연애한다는 사실을 알게 되면, 쉽게 못 받아들이는 분위기다. 가족 개념이 강할수록, 부모 섬김을 잘 해왔던 자녀일수록, 그런 저항감은 더 크리라. 노인의 성에 대해 부정적이거나 무시를 하려는 층도 더러 있을 것이다. 할아버지에 대해서는 넘어갈 수 있겠다 싶으나, 할머니는 좀 곤란할 것 같은 생각도 있을 테다. 남녀 차별에 대한 의식의 영향도 다소 있겠다. 어머니에 대한 남다른 감정의 몫도 가능하다. 아무튼 다른 사람은 몰라도, 우리 부모는 그런 '경계'를 넘지 않기를 바라는 심정도 강하리라. 해서 남의 부모가 연애를 한다면, "저 할배, 저 할망구 주책 부리는 거 아닌가." 하는 비아냥을 하기도 한다. 할배, 할망구는 사투리다. 그 말 속엔 노인을 무시하는 뜻도 담겨 있는 것이다.

  과연 어떻게 봐야 좋은가. 비아그라류의 약물, 각종 수술이나 기구 개발로, 남성 발기력을 현저히 개선한 지금이다. 노인 성욕구도 젊은이 못지않다. 젊어 술 좋아했던 사람이 늙어서도 술을 즐기듯. 성욕은 똑같다. 다만 강도가 좀 떨어질 뿐이다. 만족도는 오히려 예전보다 낫다는 노인들도 적지 않다. 자녀의 성문제를 이해하듯, 노인 성문제도 이해의 노력이 필요할 때다. 노욕이 지나쳐, 주위 눈살을 찌푸리게 하는 경우라면, 물론 난제 중 난제이긴 하나…….

'귀여운' 노인들

고희古稀 유감

이년 전, 모 선배가 60세가 되어 후배들이 얼굴도 볼 겸, 시내 어느 중국집에서 조촐히 환갑맞이해 준 적이 있다. 당시 환갑맞이라는 말에 그 선배는 꽤 주저했다. 해서 그냥 생신 축하 모임이라 생각하자며, 대략 동의해 준 것 같다.

60~70년대만 해도, 내 주변에선 어른들의 환갑잔치를 여는 일이 적지 않았다. 내 부친께서도 70년대 초에 환갑잔치를 치렀으니까. 한데 그 후로는 점차 사라지는 기운이었다. 90년대 들어서는 환갑잔치가 그 자취마저 없어져 버린 양상이다. 요즘은 노인을 위한 잔치가 교수들의 정년 퇴임식의 송별회, 그리고 간혹 70세가 된 노교수의 고희古稀 논문집 증정식 같은 게 남아있는 정도다. 한데 이도 점차 시들해지고 있는 것 같다. 알다시피 사회에서는 70세, 80세가 될때, 큰 식당을 빌려 가족·친지 단위로 고희기념이나 팔순잔치를 소

박하게 여기는 경우가 아직은 적지 않게 남아는 있다. 그러나 이런 70세의 고희잔치도 점차 수그러드는 분위기다. 노인 스스로 주저하는 바가 커서일 것이다. 70세의 '젊은 노부부'는 주위의 여타의식을 일부러 떨쳐버리려는 듯, 아예 번거로운 잔치 대신, 가볍게 여행을 하려는 게 요즘의 새로운 풍습이 아닌가 여겨진다.

고희라는 말은 널리 알려진바, 중국의 시인 두보杜甫의 시 한 구절에 나오는 인생 70 고래희古來稀라는 말에서 유래된 것이다. 두보가 살았던 8세기 무렵엔, 전쟁이 한창인 때라 평균 수명은 그렇다 치더라도, 50세를 넘겨 살던 '노인'이 드물었을 것이다. 그러니 70세까지 산 사람은 극히 드물어, 희稀자를 써넣었으리라.

그런데 작금의 우리 사정은 어떤가. 남성의 평균 수명은 78세, 여성은 80세로 모두 평균적으로 고희를 넘기고 있다. 그러니 고희란 말이 본래의 뜻으로나, 실제로도 안 맞는다. 정서적으로도 다가오지 않으니, 70세의 노인 스스로도 쑥스럽게만 느껴질 수밖에 없을 것이다.

노인 천국인 가까운 일본의 경우도 마찬가지 사정이다. 60세의 환갑이나 70세의 고희 개념이 희박해진 지 오래다. 일본은 사립대학은 교수 정년이 70세로 되어, 젊어진 노인의 의식을 반영하기도 한 것 같다. 연봉을 줄여서라도 우리도 그런 점은 반영해도 좋지 않을까 싶다.

세계보건기구는 물론 여러 나라 사회 일반에서도 노인은 65세 이

후 그 기준으로 삼고 있다. 그런 영향 탓인지, 65세가 되면 더러의 노인들은 심리적으로 사회에서 무조건 강제 퇴역을 당하는 기분이 들지 않을까 하는 생각도 든다.

하나 그런 상념들은 나만의 기우일는지 모른다. 은퇴 후 70세 넘어, 인생의 보람을 느끼는 분들이 적지 않다고 느껴서다. '전에 자신에게 딸린 여러 일을 떠나, 자유롭게 해방된 기분을 느낀다'든지, '자연을 벗 삼아, 등산을 즐겨 다니다 보니, 오히려 더 건강해지고', '손자들과 즐겁게 시간을 보내는 일' 등. 은퇴 후의 삶에 오히려 감사함을 느끼고 있다고 한다. '신세대 노인들'의 얘기다. 이들 노인은 분명 젊은이 못지않게 '생산성' 있는 인생을 보내는 것이다. 생산성이란, 꼭 돈 버는 일 같은 물질적 생산만 해당하는 것이 아니다. 정서적으로 온전한 삶, 보다 성숙을 향한 노력, 삶의 의미나 재미를 가족과 함께 나누려는 마음도 역시 생산성의 개념에 포함된다. 미국의 저명한 정신분석가인 에릭슨도 그리 얘기한 바 있다.

노인의 성

아시아에서 두 번째로 노벨 문학상을 수상한 『설국雪國』의 작가 가와바다 야스나리[川端 康成]가 돌연한 자살로 생을 마감했을 때, 일본 사회에선 한때 큰 논란이 있었다. 1899년생이었던 그는 1968년 노벨 문학상을 받았고, 1972년에 도시가스의 호스를 물고 자살했다. 일흔두 살의 나이였다. 가만있어도 문단의 영예로운 대접을 받을 수 있는 위치에 있었고, 굳이 자살을 안 하더라도, 얼마 있으면 죽을 수밖에 없는 고령의 나이였다. 그런데도 기어코 자살을 시도하고 만 것이다. 그 이유에 대해 여러 가지 추측이 난무했지만, 결국 밝혀진 것은 가와바다가 가정부로 있던 어떤 젊은 여자를 짝사랑하다가 그 사랑을 이루지 못해 자살을 감행하고 말았다는 것이다.

그는 자신의 노년의 성문제를 진작부터 예견했던 것일까. 1960년에 발표한 그의 소설 『잠자는 미녀』를 잠시 살펴보기로 하자. 이 소설의 줄거리는 아주 단순하다. 주인공 에구찌 요시오는 예순일곱 살 난 노인인데, 우연히 친구의 소개를 받고 이상한 매춘업소를 찾아간다. 그 업소는 오로지 남자 노인들만을 상대로 영업하는 곳. 그곳에선 젊은 여자들이 강력한 수면제에 마취된 상태로 잠들어 있다. 손님은 그 여인들을 품에 안고 젊은 여인의 싱싱한 살 냄새를 통해 자기들의 과거를 추억하기도 하고 관음증적觀淫症的 섹스를 즐기기도 한다.

그곳은 이미 성적으로 불능상태가 되어 버린 남자들을 위한 꿈의 공급처이면서, 또한 안쓰러운 회춘回春의 장소이기도 하다. 에구찌 노인은 그곳을 세 번 찾아가게 되는데, 곁에서 잠자고 있던 여인이 갑작스레 죽어버리는 것으로 이 작품은 끝난다. 그 원인이 수면제 과용 때문인지 아니면 심장마비 때문인지는 확실치 않다.

가와바다는 추측건대, 이 소설을 쓸 무렵 이미 발기 부전을 겪지 않았을까 하는 게 필자의 생각이다. 60세 무렵이었을 것이고, 요즘처럼 성의학이 발달되지 않아 비아그라 같은 발기 제품이나 특별한 수술법도 없었을 것이다. 또 당시 일본 사회의 성의식을 고려할 때, 노인들이 이런 문제를 어디에다 터놓고 얘기할 분위기도 아니었을 것이다. 남자라면 성기를 '발기'시켜야만 한다는 무거운 의무감과 부담감을 가졌으리라. 이 때문에 남자의 본성상, 여자를 '소유'하고, 로맨틱한 사랑을 나누고 싶은 마음은 여전히 간절한데 이것이 여의치 않기에 '살아있는 인형' 같은 잠자는 미녀에 탐닉할 수밖에 없었다.

흔히 남자들 가운데 '관능적 백치미'를 가진 여성의 이미지를 이상형으로 내세우는 사람들이 있는데, 이 역시 가와바다 노인의 소설 속에 '살아 있는 인형'을 좋아하는 에구찌 노인의 심리와 별반 다르지 않은 것이다.

약을 먹여서이든, 발기부전의 노인이 젊은 여자를 곁에 두고, 거기서 풍겨 나오는 풋풋한 살내음을 맡으며 지난 세월의 추억과 성적 상상력을 불러내면서, 여체를 만지거나 쓰다듬어 보기도 한다는 것은 이해가 그리 어렵지 않다. 또한, 그런 상황에서 성적 교섭을 가지려 할 때 자기가 발기부전일까 봐 겪는 불안감이나, 조루증 등으로 겪는 불안감 등으로부터도 모면 될 수가 있다. 여자로부터 어떤 핀잔도 안 듣고, 고여있는 정액을 자기의 방식대로 쏟아내 버리기만 하면 그만이기에 더없이 안전하다.

가와바다는 자신의 소설 속에 당시 자신의 성심리를 투사投射시키고 '잠자는 미녀' 대신, 자신을 죽음으로 몰아 넣었던 게 아닐까? 현실적으로 자신이 짝사랑했던 가정부에게, 차마 수면제를 먹여 놓고 '그런 짓'은 도저히 할 수 없었을 만큼 양심이 있는 지성인이었을 터. 그리고 설령 그렇게 시도하였다 하더라도 나중에 자신이 변태 성욕자나 범죄를 저질렀다는 야유를 들을 바엔 차라리 죽어버리는 게 더 나을지 모른다는 우울한 상념에 빠졌을지도 모른다.

작품과 작가의 생활사를 연관 지어, 작가의 심리를 유추해 본다는 것은 굉장히 위험한 발상이 될 수 있다. 그러나 여기서 필자가 그런 연관성을 유추해 보는 것은 노인의 일반적인 성심리를 묘사해 보기에 적절한 자료로 보여서다. 애가 터지게 그려보는 짝사랑의 심리는 노인에게서도 젊은 사람 못지않을 수 있다. 섹스의 황홀감을 느낀 뒤 편안히 잠자고 싶은 충동도 매한가지다. 다만 노인이 발기부전을 겪을 경우, 그 심리적 상황은 젊은 사람에 비해 크게 달라진다. 주책 없는 늙은이라는 소리를 들을까 하는 주위에 대한 의식이 제일 큰 문제다. 그리고 삽입 성교보다는 보는 것(관음증), 만지는 것(애무), 또는 다른 변태적 방법으로 사랑의 기갈飢渴을 해소시켜 보려는 상상에서 그 차이가 많다. 그러나 그런 것들은 현실적으로 용납이 안 된다. 아무튼 나름대로 모든 감각을 동원하여 '포근한 사랑의 충족감'을 느끼고 싶어한다는 점이 노인 성문제 이해의 핵심이다.

노인들은 상당수 평소에 죽음에 대한 두려움이나 공포를 느끼게 되는 경우가 많다. 나이가 들어서도 여자를 생각하면서도 관능적 상념을 즐기면서도, 여성을 대할 때 어머니의 젖무덤인 양, 야릇한 촉감과 포근함을 느끼고도 싶어한다. 어쩌면 노인에게서의 성은 편안한 '잠'과 '섹스의 황홀함'이 죽음에 대한 두려움을 극복해 줄 수 있는 대안의 방편일지도 모른다. 살아 있음의 마지막 확인이요, 나름대로 사랑의 정체성을 다시 한번, 아니 지속적으로 찾아보려는 처절한 몸부림일지도 모른다.

가와바다가 요즘 시대를 살았더라면, 그의 말년의 성행동은 어떠했을까, 상상해 본다. 비아그라 같은 발기부전 치료제가 널려 있는 세상, 음경 보형물 수술로 죽을 때까지, 언제, 어디서든 삽입 성교가 가능해진 세상. 그는 분명 관음증적 섹스를 남몰래 즐기는 『잠자는 미녀』 같은 소설을 썼기보다는, 노인도 얼마든지 건강미 넘치는 성생활과 함께 로맨틱한 사랑을 다시 가질 수 있다는, 다른 부류의 '변태적' 사랑을 주제로 한 소설을 썼을 것이다.

사랑의 문제는 젊은 사람들만의 몫이 아니다. 노인 스스로는 물론이려니와 우리는 모두 노인의 사랑과 섹스문제에 대해 폭넓은 아량과 포용력을 가져야 할 것이다. 성에서 소외된 노인이나 성을 지나치게 경계하는 노인들에게선 '죽음'의 야릇한 체취 같은 게 느껴진다. 물론, 죽음을 초탈한 노인들에게선 그렇지야 않겠지만…….

치매환자, 몸으로 듣는다

노인층 인구가 많아진 탓이겠지만, 아무튼 근래 들어 노인환자들이 급증하고 있다. 고령에 따른 신체의 자연 노쇠현상, 거기에 더해 고혈압이나 당뇨병과 같은 만성 질환이 겹쳐지면, 그 치료가 결코 쉽지 않아서다. 해서 요즘 중풍(뇌졸증, 뇌경색)이나 치매와 같은 신체적, 정신적 불구상태에 이르는 노인들이 적지 않다.

알다시피 지금은 핵가족 시대. 와병臥病상태의 어르신들을 가족이 돌보아 드리는 일 그 자체만으로도 엄청 힘들고, 버거운 일이다. 이럴 때 흔히 가족들은 노인 환자를 노인 병원에 맡겨 버리고, 가끔 문병을 오곤 한다. 형편이 어려운 사람들은 병원에서 일정 처방을 받고, 집에 그냥 방치하다시피 하는 경우도 있다. 최근엔 정부의 정책 지원으로 요양 개념의 병원이 늘어나고, 병원 문턱도 낮아져 입원여건이 전보다 많이 나아졌다.

노인 환자들을 진료해오던 나로서는 그들 가족과 상담하는 경우가 잦다. 가족들은 환자에 대한 적정치료 여부, 그리고 그 경과에 대해 궁금해한다. 간단한 상담 후 가족들은 환자와 잠깐 면회도 가진다. 그후 대부분 가족들은 간헐적으로 면회를 올 뿐, 생업에 바빠서인지 자주 면회를 오는 경우가 많지 않다.

상당수의 노인 환자들은 질병의 특성상 표현력이 부족하고, 생각도 더디고, 모든 게 둔하다. 청력 손상이 심한 환자는 거의 벙어리 신세다. 자발적 보행은 물론 대소변도 제대로 못 가리는 경우가 많다. 의사소통이 잘 안 되니, 가족들이 와서도 그리 오래 머무는 경우가 별로 없다. 그 점 충분히 이해가 간다. 하나 장기간 입원을 하면서도, 가족들의 방문이 아주 뜸한 노인 환자들을 보노라면, 병원이 또 다른 현대판 고려장이 아닌가 하는 생각도 든다. 가족들로부터의 '자연스러운' 소외 때문이다.

이런 경우, 당면한 의사로서 어떻게 대처하는 게 바람직할까? 생각건대 내 임상 경험으로는 아무리 심한 치매 노인일지라도, 환자를 '무시'하는 태도는 얼마간의 무지에서 오는 것 같다는 소감이다. 이해를 돕기 위해 예를 들어보자.

어느 치매환자가 행동과 정서가 아주 소란스러워, 일인 병실로 잠시 옮겨졌다. 간병인도 잠시 바뀌었다. 한데 '환경'이 낯설어선지, 그런 증상들이 더욱 악화되었다. 약물로도 쉽게 안정을 시킬 수가 없었다. 다시 원래 병실로 돌아와 타 환자들과 함께 있게 하고, 친근하게 지냈던 본래 간병인의 손에 다시 맡겨지게 했다. 힘은 더 들었지만, 다독여 주고, 받아주는 행동을 보여 주자, 얼마 안 지나 안정을 되찾았다. 인식 기능이 거의 다 퇴화되고, 어린애 같은 심성으로 자아 통제가 안 되던 노인이 간병인의 친숙한 목소리와 손결이 다가오자 부지불식간에 그 노인은 그걸 느꼈기에 안정을 되찾았던 것이다. 아마 옆에 믿을 만한 친근한 가족이 있었더라면, '있음' 그 자체만으로도 더 나은 무언無言의 의사소통이 이루어질 수 있다는 뜻이기도 했다. 또 하나, 치매환자가 비록 생각이나 감정을 제대로 표현하진 못해도, 기본적인 '느낌'은 갖고 있다는 것이다. 밤에 악몽을 꾸는지, 자다가 앓는 소리를 내기도 한다. 밤이 되면, 더욱더 죽음에 대한 괴이한 두려움 같은 게 물밀듯 다가온다. 귀신같은 환상을 보기도 하고, 혼자 죽음의 나락에 떨어지는 절대 고립감 같은 것도 느낀다. 잦은 불면증, 밤이 되면 헛소리가 잦고, 정신적 동요 같은 증상이 더 악화한다. 밤과 낮이 뒤바뀐 생활이 빈번한 건, 그런 이유도 있겠다.

그렇다. 인식기능이 아무리 황폐해지고, 감정이 없어 보이는 노인 환자일 경우라도, 감각과 영혼은 살아 있다는 인식을 우리가 모두 가져 봐야겠다는 거다. 생생하게 살아계실 적의 마음은 아니더라고, 담담하게 지켜드리는 태도. 어디까지나 품위있는 인격체로서 대해 주고, 임종을 맞을 때까지 따뜻한 마음으로 가까이 있어 주어야겠다는 것이다.

말보다 따뜻한 관심과 손길. 포옹도 해주며 손목도 살며시 잡아

준다. 알아듣든, 못 알아듣든 가족 상황도 간단히 말로 전해준다. 그럼 치매의 그 어르신은 몸으로는 다 알아듣는다.

　이 점 잊지 말아야 한다. 될수록 자주 병문안을 드리는 게 그래서 좋다는 것이다. 그리고 그건 분명 가족들 자신의 정신 건강에도 좋으리라 믿는다.

내 어머니의 꼿꼿한 노화

요즘 미국의 중·장년층 사이에 노화방지제나 건강관련 책들이 연중 최고의 인기다. 경제 여력이 있거나, 은퇴 후 연금도 적지 않을 층에서일 것이다. 미국 전역에선, 장수나 노화관련 연구도 활발하다. 장수와 유전의 관계, 각종 노화 관련 단백질, 항산화, 식품·식이는 물론 긍적적 사고 갖기 등 각종 심신 요법 포함, 그 연구 범위도 다양하다. 그러나 노화예방에 아직 딱 부러지게 이렇다 할 만한 처방은 없어 보인다. 장수에는 그 무엇보다 라이프 스타일이 중요하다는 것만은 대체로 일치된 의견이다.

내 어머니의 경우, 그 라이프 스타일을 본다. 나의 어머니는 올해 84세. 학력은 변변치 않으며, 농촌에서 서른 남짓까지 지냈다. 20세 무렵까지는 일제 강점기여서 먹고 살기 힘에 겨웠다. 그후 아마 60대까지도 살림이 그리 넉넉한 편은 못됐다. 때문에 육체적으로 늘

고단했다. 슬하 다섯 자녀를 모두 대학에 보냈으니, 이만저만 마음 고생도 많았다. 어머니의 식습관은 예전처럼 지금도 그대로다. 거의 채식 위주였다. 생선이나 육류가 식탁에 오르면, 이는 거의 자식들 몫으로 남겨야 했을 것이다. 그 습관 탓인지 지금도 육류를 그리 가까이 하지 않는다.

반면에 부친께서는 잦은 과음에, 골초 애연가였다. 그 시절 운동 개념도 없었다. 엉성한 사업 경영에 자식 키우느라 온갖 스트레스를 많이 받았던 것이다. 그런 탓에, 나이 70세에 당뇨합병증에 심장병으로 일찍 돌아가셨다. 가정의 정서 조율은 상당 어머니의 몫이었다. 어머니는 간혹 속 썩이는 자식이 있어, 형제간 갈등이 생기면, 모든 걸 자신의 탓으로 돌려놓고, '상식'으로 하소연 했다. 그래 곧 잠잠해졌다. 늘 부지런한 몸이셨다. 친인척 만나면, 즐겨 수다를 늘어놓기 좋아하셨다. 남 얘기를 경청하는 편이었다. 유머도 곧잘 하신다. 이제껏 크게 화내는 것을 나는 거의 본 적이 없다. 무릎이 안 좋아 최근 수술을 받고는 곧 회복이 되어 지금은 보행에 별 지장이 없다. 기억력 등 인지 장애는 없다. 병원에 가 검사를 받았으나, 다소의 골다공증 외엔 모두 정상으로 나왔다.

갈수록 친구들이 줄어 가끔 외로움을 느끼시나 보다. 요즈음 그래선지 한글 공부도 할 겸 노인학교에 다니는데 재미있다고 하신다. 거기서 사람 만나 사귀니 덜 심심하다 하신다. 이런 예는 주변에서 우리가 흔히 볼 수 있는 노부모의 모습이기도 하다. 내 어머니의 편력을 간단히 살려 본 이유는 이래서다. 우리 시대, 지금의 노인층보다는 장차 노인이 될 젊은 층이 오히려 더 큰 노인성 문제를 갖게 되지 않을까 해서다.

지금의 노인들은 대체로 오랜 동안 채식 위주에 의무적이나 규칙적 육체노동을 해왔다. 하나 요즘 젊은 층에선 잦은 과음, 비만, 만성적 스트레스와 우울증의 빈발, 공해 등 유해 물질에 무방비 노출돼 있다. 시끄러운 소리에도 많이 노출돼 노년기에 조기 청력 감퇴도 예상된다. 당뇨환자가 300만 명을 넘고, 젊은 고혈압 환자도 부지기수다. 그래서 병든 우리의 청장년층의 기대 수명도 우려되지만, 그들 노후 삶의 질이 크게 걱정되는 바다. 우리 선조들의 조기 사망은 대부분 질병 때문이지 자연 노화 탓이 아니다. 라이프 스타일이야, 옛 어른들의 것이 더 낫지 않나 싶다.

Part 2

자살 예방 고찰

우울증 다시 읽기

1970년대까지만 해도 우울증은 단지 신경성 노이로제의 하나였다. 요즘처럼 우울증이 세분되지 않았고, 통칭하여 우울신경증이라 불렸다. 우울이 주된 증상이고, 까닭을 모르는 신체증상들이 그 특징이었다. 그 발병의 원인은 대부분 심리적인 것으로 보았으나 솔직히 말해 오리무중이었다. 오이디푸스 콤플렉스나 어려서의 성적 학대, 부모 사랑 결핍, 분노의 처리 문제, 또는 병전 성격이나 스트레스 등이 발병 전에 복합적으로 작용한다는 것이었다.(그 이론들 중 몇 가지는 아직도 유효한 가설로 받아들여지고 있긴 하다.)

내가 그 원인이 오리무중이라 했던 것은 당시 의대생들의 사고방식을 투영해서다. 사실 모든 병의 인과관계는 대부분 병리학 교과서에 나와 있다. 한데 '신경성'이란 병만은 눈으로 직접 확인할 수 있는 병리 소견이 없다. 요즘 말로 '생물학적 지표' 같은 게 없다. 그러하니 그런 병들은 무슨 심리학이나 정신분석 또는 철학적 소양이라도 있어야 알 수 있는 병쯤으로 생각했을 터였다. 원인이 복잡하고 중층적이니, 치료나 치료 결과를 확실히 알 수가 없다. 약물치료도 강조되었지만, 약물 내성이나 중독 또는 그 부작용만 공부했던 기억뿐이다. 그 후로도 우울증은 정신과 의사들만의 독립적 판단에 따른 진단이었다. 물론 치료에 대한 일반의 이해도 쉽지가 않았다.

지금도 그런 면이 다분하지만 당시 우울 현상에 대한 우리 사회 일반의 평가나 이해가 어떠했는지를 잠시 살펴볼 필요도 있을 것 같다. 간단히 예를 들어보자. 심한 우울증을 겪던 화가 이중섭의 평전을 보면, 이중섭의 우울한 고통은 음습하고, 흉흉했던 그 시대의 모습과 더불어 개인적 가난이나 불운한 가정생활의 반영이었다. 그의 심각한 우울은 간혹 예술가적 기질을 드러내는 그의 인격적 특성의 하나로 묘사되곤 했다. 이상李箱의 에세이를 봐도 그렇다. 그의 우울한 자화상은 한 천재의 특별한 통찰력으로 미화되는 면이 없지 않았다. 철학의 영역에서도 우울의 문제는 특별한 지위를 누려왔다. 예컨대 일부 실존 철학자들은 자신의 우울증을 갖고 인간조건에 대한 비극적 고정관념으로 이성적 탐색을 했다. 그 대표적인 예가 키르케고르일 것이다.(피터 크래이머의 지적이다) 그런 통념은 양洋의 동·서를 막론하고 문학·예술을 통해 많은 사람에게 큰 영향을 끼쳐 왔다.

우리 주변의 일상에서도 그와 유사한 태도는 아직도 곧잘 체크

된다. 우울증의 한 특징이기도 한 것인데, 예를 들어 누군가가 속없이 강박적으로 친절을 베푼다든지, 예민함이나 침잠하는 태도를 보이면 거기에 어떤 지적 매력이 있는 것으로 생각하는 사람도 있다. 침울하고, 연약한 여성의 모습을 에로틱하게 보는 이도 있다. 지성인의 우울하고, 혼란스러워하는 표정은 마치 타락한 세속으로부터의 소외를 느끼게 해주고, 고뇌의 한 표현으로도 생각한다. 이런 양상은 우울증을 질병으로 보기 이전에, 우울증에 일정 사회적 가치를 부여해온 사회 문화적 해석의 큰 영향을 받아서 일 것이다. 우울증뿐 아니라, 자살이나 편집증, 알코올중독에 대해서도 사정은 비슷하다. 그것들은 분명 질병적 요소를 갖고 있긴 하나, 그 외에 거기에는 다른 인간적 재능이나 매력을 엿볼 수 있는 가치가 있다고 여겨서 일 것이다.

그러나 지금 시대는 그런 통념들이 서서히 바뀌어야 하지 않나 싶다. 최근의 우울증에 대한 눈부신 연구 결과들이 말한다. 결론부터 말하자면 우울증은 질병 그 이하도, 그 이상도 아니라는 견해다. 우울증은 이제 인간실존의 차원에서 다뤄지기보다는 당뇨병이나 결핵처럼, 똑같은 질병의 위치에 있다는 것이다. 주류 정신의학은 우울증이란 뇌의 해부학적 이상異常을 일으킨 결과란다. 뇌 내 세로토닌이나 노르에피네프린 같은 전령 분자들의 수급률 편차에 따른 '화학적 불균형'이 큰 문제다. 이의 교정으로 약물치료가 우선된다. 그리고 궁극적으로 장기 우울은 결국 해마hippocampus의 위축, 전전두부pre-frontal lobe 피질들 세포의 감소 같은 영구적 손상을 일으킨다는 것이 밝혀졌다. 물론 이 모든 사실은 뇌 영상의학 기술의 발전 덕이다. 우울증의 심리적 요인은 기껏해야 30% 정도일 뿐이라는 설도 있다.

해서 이제껏 인문학적 상상력에 의해 규정되곤 하던 멜랑콜리 melancholy(우울)의 환상들은 말하자면 가짜 신화이거나 가짜 승화일 가능성이 높다는 소견이다. '천재 우울증 환자'의 '정상적'인 판단을 유보해달라는 주문이다. 다시 말해 인간이 경험하는 최악의 상황과 우울증에 빠지는 일은 별개의 것으로 보아야 한다는 요지다. 예술가들이 개인적으로 겪던 우울의 증상들이 시대와의 불화로 인한 실존적 문제로 바라보기 전에, 먼저 뇌 내 병적 변화의 결과가 아닌가 체크해 봐야 된다는 소리이기도 하다. 이런 해석에 정신과 의사들이 우울 현상을 지나치게 의학영역으로 끌어들인다는 의도가 있는 것으로만 보지 않기를 바란다. 우울증은 이제 오리무중의 기능적(신경성) 질환이 아니다. 직접 그 폐해 정도를 눈으로 확인할 수 있는 질병으로 확인되고 있기 때문이다. 의료인은 물론 사회 일반에서도 이런 견해에 대한 이해가 확보되어야 한다고 본다. 요컨대 우울증은 뇌의 고장난 스위치 탓이다. 이 때문에 약물치료로 이를 부분 교정하면, 새로운 학습이 가능해진다. 심리치료가 병행되면 그 효과는 더해질 수 있다는 얘기다.

이제 우울증에 대해 낭만적 가치를 부여하는 일은 그다음의 일로 보아야 할 전망이다. 뿐더러 우울증이 그 인생의 깊이를 측정하는 척도의 하나가 될 수도 없을 듯하다. 개인적 좌절이나 절망을 있는 그대로 솔직히 들여다보는 일이 우울증과는 다른 일이다. 또 우울증을 정신적으로 무조건 이겨내야 한다는 자기 압박은 이중의 구속으로, 마치 당뇨병을 정신적으로 이겨내 보겠다는 이치와 같은 맥락인 셈이다.

장기 우울증으로 뇌 손상이 생긴다 해도 다행히 최근의 연구는 우리 뇌의 가소성elasticity이 남아있다는 소식이다. 뇌세포의 재생이 여건에 따라 가능하다는 것이다. 따라서 잠재된 신경탄성의 증진이 치료의 우선적 목표일 것이고 역시 조기 치료의 중요성이 강조되고 있는 바다.

우울증이 심장질환이나 내분비계 질환, 암 등 주요 질병의 예후에도 큰 영향을 끼친다는 사실이 속속 밝혀지고 있다. 자살이나 우울증 퇴치 운동에서 이제 새로운 패러다임의 캠페인을 펼쳐야 할 즈음인 것 같다.

소신공양 혹은 분신자살의 문제

　1963년 베트남 전쟁에서 반정부적이라 하여 사찰이 강제 폐쇄되자 이에 격분한 베트남 스님들 36명이 분신자살을 한 적이 있었다. 당시 전 세계에 큰 충격을 안겨준 사건이었다. 이 일로 소신공양이라는, 분신자살이 일견 사회적 의미부여가 된 바 있었던 기억이 난다.

　기독교 문화권에서는 어떤 의도가 담겨 있건, 자살 행위는 바로 지옥으로 가는 악행으로 규정되곤 했다. 우리의 생명이 우리 것이 아니며 하나님만이 생명을 줄 수 있고 또 거둬들일 수 있다는 믿음이 있어서 일게다. 불교 문화권에서도 자살이 결코 용인되는 것은 아니다. 하나 어떤 의미나 의지가 담겨있는 자살이라면 비교적 관대한 태도인 것 같다. 2차 세계대전 당시 일본 군인들의 자살특공대, 유명소설가인 가와바다 야스나리나, 미시마 유키오 등의 자살도 일본 사회에선 그리 비난받지 않았다. 중국에는 옛부터 등신불을 모신 전각이 더러 있었다. 같은 불교문화 전통을 이어온 우리나라도 이런 문화의 공통분모가 남아 있었다. 예컨대 김동리의 소설 『등신불等身佛』을 보면 그런 정서가 확인된다. 주인공 스님이 마지막 장면에 소신공양을 올리는 장면. 가슴이 에려 오는 눈물겨운 순애보로 다가온다. 진정한 자비의 화신을 보는 것만 같아 코끝이 시려왔던 기억이다. 우리의 불교적 심성을 자극한 때문이리다. 사실 그 소설 속의 스님은 오래도록 걸머지고 왔던 뿌리 깊은 원망과 죄책감, 연민의식에서 비롯된 자기희생의 마음이 소신燒身의 주요 동인動因인 셈 이였다.

알다시피 소신공양이란 말엔 분명 희생의 정신이 담겨 있다. 자신의 '희생양'을 통해 다른 사람들의 속죄를 구하려는 의미도 얼마간 있겠고, 집단의 정체성을 더욱 공고히 하려는 의도도 있겠다. 그리고 그 이면에는 현실의 부당함, 불공평에 대한 항의나 호소를 하려는 간절한 소망도 있다. 해서 이타적 자살이란 성격을 띠기도 한다. 그러나 그렇다 해도 소신공양이 과연 그 정당성을 충분히 인정받을 수 있는가의 문제는 여전히 남아있다.

법화경에 소신공양은 몸을 태워 부처님께 바친다는 뜻이다. 무작정 소신공양을 찬양하는 뜻은 결코 없다. 여래에게 법으로 공양하는 게 으뜸이란 의미를 전한다. 그러니깐 몸과 목숨을 다하는 구도자의 자세, 그 마음의 자세가 무엇보다 소중한 거다. 이 때문에 소신공양

역시 한 방편인 것으로 이해해야 하리라.

　우리 사회의 자살문제는 실로 심각한 수준이다. 특히 요즘 우리 노인들의 자살률은 인구 10만 명 당 170여 명 수준. 청년층에선 주요 사망의 3대 원인이 자살이다. 오로지 사회가 이윤추구에만 눈이 멀고, 권력이나 명예 차지에 혈안이 된 그 배경의 원인도 있다. 여기에 뒤처진 사람들, 적응하지 못하는 사람들, 사회적으로 고립된 사람들이 자살의 고위험군이다. 더해서 사회는 이들에게 냉대하는 분위기다. 깨어있는 사람이라면 이런 사회에 절망감이나 반항심이 생길 법하다. 어떤 이는 특정 사회적 스트레스에 더 큰 타격을 받기도 한다. 상처받기 쉬운 성격의 사람이 자살 위험성이 더 높다는 것도 사실이다. 그 원인遠因엔 역시 사회의 공격성이나 폭력성도 문제다. 해서 자살은 부분적으로 사회에 대한 외침이며, 항변이며, 호소이고, 호소에 대한 포기의 의미도 있다. 그러나 어느 자살이든 죽음으로의 도피란 성격을 지울 수 없다.

　유명인사의 자살로 사회 일반에선 자살의 합리화나 그 전염성의 가능성도 우려된다. 비록 자살의 동기가 뚜렷한 이유가 있더라도 그것의 합리화는 정당성을 확보하기 어렵다. 문제가 있다면 어디까지나 집단 공동체의 삶과 운명을 끝까지 함께 하겠다는 의지가 선행되어야 한다. 사회적 부당성이나 비참의 희생자로 자처하기 전에, 공동체의 의지를 함께 다지며 투쟁을 해야지, 죽음이라는 극단적 선택은 곤란하다는 뜻이다. 자기 견해만 옹고집으로 강요하려 들지 말고

타자의 의견도 끝까지 경청하고, 인내하며 심지어는 적대자에게 존경하는 마음까지 담고 그 해답을 찾도록 해야 한다. 마하트마 간디의 전투적 비폭력이 그 모범적 예일 것이다.

분신자살에 그 의미를 부여하는 일은 바람직하지 못하다. 분신자살을 미화시키거나 신비화시키는 것 역시 마찬가지다. 사회일반에서 자살의 가능성을 촉발시키는 잠재적 촉매 역할이 우려돼서다. 불교의 근본정신은 역시 평화, 자비, 생명 아닌가. 불의不義를 보고 양심이 격앙되는 일, 무관심한 사회를 단죄하려는 정신, 그리고 공공의 선이나 목표를 향해 사회적 연대감을 강화시키려는 행위 등은 그 자체에 분명 잘못된 뜻은 없을 것이다. 그러나 세상사의 그 모든 게 상대성 아닌가. 번뇌도 불보살의 화신 아닌가 하는 생각이다. 종교계 지도층 인사의 극단적 행동은 그 사회적, 정신적 여파가 크다. 수행자의 일거수일투족은 많은 사람에게 큰 의미와 영향을 준다. 소신공양의 의미를 다시 새롭게 바라보는 계기가 되었으면 한다. 문수스님의 극락왕생을 기원한다.

애도 반응과 그 의미

애도의 감정은 수렵시대 이래 모든 인간이 지녀왔던 보편적 정서 가운데 하나다. 동물이나 인간이나 마찬가지였다. 사냥감이나 영토를 지키기 위해, 그리고 가족이나 같은 무리의 안전을 확보하기 위해, 각종 외부의 위해로부터 방어하려는 자세도 본능이다. 세월이 흐르면서 인구는 증가하였다. 무리 집단은 여럿으로 점점 더 커졌다. 그런 이해의 문제로 집단과 충돌이 자주 일어났다. 싸우다 보니, 희생자가 생겼고, 동물보다 더 잔인한 공격성과 무모한 희생도 뒤따랐다. 자기 쪽 사람이 죽으면, 애도하는 감정도 있었다. 우두머리가 죽으면 애도의 감정은 더욱 컸다. 물론 여느 동물처럼 가족의 죽음에는 그 애도의 감정이 제일 컸다.

현대인뿐 아니라 옛날부터 애도 과정에는 그에 동참함으로써 속죄를 받는다는 의미가 강했다. 대부분 인간들은 자기보다 약한 사람들을 괴롭히려는 경향이 많다. 공격적 본능은 남을 이기고, 힘의 우위에 서려는 의도가 있어서다. 그것의 극악한 형태는 식인종이다. 적의 살[肉]을 먹어버림으로써, 적을 완전히 굴복시켜버리려는 마음이 품어져서다. 사람의 이기적 유전자는 시대가 달라도 변하지 않았을 것이다. 문명화가 되고, 생존 경쟁이 다극화되면서 사람의 본능이나 공격적 욕구는 상당 억제를 해야만 되는 상황이다. 정신분석의 창시자인 프로이트는 일찍이 문명화로 인해, 현대인들의 신경증적 성향이 더 늘어만 간다고 했다. 그런 이유에서였다.

현대 인간은 죄와 불안의 연속체다. 거기에 사회적 갈등이 더욱 가중되면, 그 내면은 더욱 혼란스럽다. 해서 부지불식간에 구원을 열망하고, 이에 종교가 그 대안으로 제시되기도 한다.

한 나라의 대통령의 죽음에 대해, 생각해도 사정은 비슷하다. 기대를 갖고, 선택한 대통령에 대한 실망이 컸다. 그러면 사람들은 미워하는 마음을 품게 된다. 그러다 돌연 어떤 이유로 사망에 이른다. 많은 애도의 물결이 뒤따른다. 박정희 전 대통령의 죽음 때도 그랬다. 나라마다 민족마다 물론 그 애도의 정도의 차는 있다. 양가감정(사랑과 미움)의 교차가 심한 민족일수록, 그 애도 감정의 폭은 클 것이다. 한 나라의 지도자가 죽으면, 죽음이라는 지평 위에서 모든 사람은 잠시 그와 동등해지는 지위를 누린다. 한 나라의 지도자는 국민과 어떻든 정서적으로 결부돼 있다. 해서 그 죽음에는 개인이 갖고 있었던 죄와 불안의 감정도 자연스럽게 이입되곤 한다. 따라

같이 죽고 싶다는 뜻이 아니다. 애도자는 더불어 자신의 죄의식을 씻어버리려는 잠재의식이 있다는 뜻이다. 저 근원에는 자신의 미움 감정이 '화'가 되지 않도록, 죽은 자를 위해 영혼을 위로하려는 의미도 있으리라. 흔히 공통의 그런 감정은 집단 가운데로 방전이 된다. 하여 공동체간에 애도의 흥분이 점증되는 현상도 일어난다. 1981년 노벨 문학 수상자인 E. 카네티는 죽은 자는 그를 애도하는 사람들을 위해 죽는 것이란 말을 남겼다. 새겨 음미해 볼 만한 대목이다.

간혹 저명 인물이 죽으면, 따라 죽으려는 '자해'의 사례가 발견되기도 한다. 원시 사회에서도 그런 현상은 있었다. 그건 분명 정상적 애도 반응이 아니다. 그 고통을 과시하려는 의도, 자신의 무력감에서 나오는 분노가 합쳐져서 나온 것이다. 아무리 험한 고통일지라도 인내하다 보면 거기엔 반드시 숭고한 삶의 의미가 새겨지게 된다. 유대인 홀로코스트에서 살아남은 V.프랭크 박사의 말이기도 하다. 평상심을 회복해야 할 즈음이다.

영화 〈뻐꾸기 둥지 위로 날아간 새〉가 남긴 그 후유증을 생각하며

1983년. 잭 니콜슨 주연의 영화 〈뻐꾸기 둥지 위로 날아간 새〉가 우리나라에 소개된 적이 있었다. 당시 이 영화는 미국 현지에서도 대단한 흥행을 불러일으켰다. 우리나라에서도 큰 흥미를 끌었다. 정신질환자를 치료하는 과정에서 벌어지는 스토리였는데, 말하자면 정신병원 내 부당한 권력으로 환자들이 '희생' 당하고 있다는 메시지의 내용이다. 일단 환자로 '낙인' 찍히면, 병원 내 막강한 권력에 환자들은 굴복해야 된다는 상황이 설정된다. 해서 만일 이에 반항이라도 할라치면, 환자는 전기치료실에 끌려가거나 강제압박을 감수해야 된다. 주인공은 교도소보다는 정신병원이 나을 것으로 생각했는데, 정신병원이 오히려 더 폐쇄적이고 '병리적'인 상황이라며 투덜댄다. 심지어 어느 환자는 밖에 나가면 멀쩡한 사람일 수 있는데, 병원에 와 오히려 완벽히 무력한 인간이 되었다. 작품 자체가 마치 정신병원에 악감정을 가진 사람의 한풀이 같아 보인다. 너무도 삐딱한 비유다.

그 무렵, 정신과 레지던트 4년 차였던 나 역시 그 영화를 보고 적잖은 충격(?)을 받았다. 인권을 중시하는 미국에서, 저런 삐딱한 인권의식을 반영한 영화를 내놓을 수 있나, 과연 정신병원이 일반사회 '병리화'의 주범이라는 암시의 저런 영화에 대해 그곳의 정신과 의사들은 어떤 식으로든 반발이 없었나. 이런저런 의구심이 떠올랐다. 그러다 다시 아, 아니다. 미국이니까 저런 영화도 가능할 수 있겠다 싶었다. 정신병원을 형편없는 집단으로 매도하는 영화. 고전적인 의학적 사고방식의 틀에 젖은 나 같은 처지인 사람에겐 아무래도 이런저런 실망감이 클 수밖에 없었다.

한데, 오랜 시간이 흐른 뒤 나는 그 영화의 여파가 실로 엄청났음을 뒤늦게 알게 됐다.

1970년대 초 미국의 정신보건체계는 큰 변화의 바람이 일기 시작했다. 소위 탈원화脫院化, deinstitutionalization 개념이다. 정신병 환자를 폐쇄병동에 장기간 입원시키기보다는 될수록 병원 밖으로 내보내, 사회에 복귀시키도록 해야 한다는 생각이다. 물론 여기엔 사회 복귀로의 노력, 즉 정신재활 프로그램이 적극 개입된다. 사회 적응 훈련, 직업 재활, 가정 방문 등이 포함된 프로그램이다. 좋은 취지였다. 뿐더러 부작용이 덜 한 새로운 약물의 개발로 예전과 달리 환

자들의 호전도 눈에 띄게 달라졌다. 그 덕에 단기입원치료가 가능해
진 영향도 있다.

이런 조류에 힘입어 미국 사회에서는 '정치적으로 올바른' 활동이
뒤따랐다. 일부 사회 엘리트들은 정신질환자들의 사회 복귀를 위한
이런 의도의 분위기를 재빠르게 눈치챘다. 이들은 사회적 평등주의
와 함께 정신과 환자들의 인권 문제에 새로이 깊은 관심을 두기 시
작했다. 정신질환자에 대한 '부당한 통제'를 정치쟁점화시켰다는 뜻
이다.

알다시피 사회의 어느 문제를 정치적으로 지나치게 범주화 시
키다 보면, 정신과 환자들이 갖고 있는 실제적인 현실적 문제를 잘
못 왜곡시킬 가능성이 있다. 비록 영화이긴 해도, 정치 사회적 의미
를 다분히 배태한, 〈뻐꾸기 둥지 위로 날아간 새〉라는 영화는 그 대
표적 상징이다. 그러므로 이로 인해 미국사회의 순진한 국민 가운
데, 정신병동에 대한 엄청난 왜곡 반응이 생겼던 것은 충분히 예상
되는 일이었다.

미국에서도 역시 정신질환자에 대한 낙인의 역사는 오래됐다. 환
자들 대부분은 그 '병'에 대한 인식이 결여돼 있다. 이 때문에 이들
환자들은 강제성 입원이나 그 치료에 대해 강한 저항성을 가질 수밖
에 없다. 더구나 의사나 병원은 '권위'의 상징이기도 해서, 모순된 얘
기이지만, 환자는 도움 요청의 심리 이전에 자신의 자율성이나 자유
의지에 반해 수동적으로 이에 굴복을 해야 한다는 것에 강한 저항이

나 압박을 흔히 느끼곤 한다. 치료과정 그 자체에 이러한 잠재적 어려움이 혼재해 있는 가운데, 이 영화는 '인간의 자유'를 부르짖으며, 환자의 병리를 이해 못 하는 사회 일반의 치료저항 의지에 더욱 불을 붙여버린 격이 됐다. 결국, 이 영화는 사회에 정신병동에 대한 부정적 이미지를 확산시키는 꼴이 되고 말았다.

미국의 정신보건시스템을 재건하려던 그즈음에, 이 영화는 사실 적잖은 영향을 끼쳤다. 정신보건 시스템 전체에 대한 정치인의 의식에도 큰 변화가 일었다. 그전까지 미국은 나름대로 잘 돌아가던 정신보건 시스템이었다. 탈원화脫院化가 하나의 이데올로기로 자리 잡으려 했다. 이런 일련의 과정에서 어느새 정신질환자는 치료보다 인권이 우선시되는 시스템이 되고 말았다. 해서 장기적인 그런 정책의 시행결과, 정신질환자들은 길거리를 방황하는 노숙자들로 넘치게 되었고, 또 병원이 아닌 감옥신세를 지는 환자들이 많아지는 형국이 되고 말았다. 사회의 범죄도 늘어만 갔다.

2000년 초. 미국 대통령 직속 정신보건회의 보고에 따르면, 당시 미국 정신보건시스템에 대해 "아수라장이다. 무능하고, 통합되어 있지 않고, 비효율적이고, 일관성이 결여돼 있다, 실망스럽고, 기능장애 상태이다."라 했다. '좋은' 정치적 신념에 의해 새로운 변화를 꽤 했건만, 현재 미국은 정신질환 치료에 매년 천억 달러 가까이 진료비를 소모하면서도, 정신질환자의 절반 이상을 치료받지 못한 상태로 방치해두고 있다.*

미국의 정신 보건 시스템 정책 결정의 과정에서, 〈뻐꾸기 둥지 위로 날아간 새〉가 적지 않은 영향을 줬다는 것만을 강조하려는 게 아니다. 미국사회 역시 정책결정의 과정에선 학계의 여러 의견이 수렴되었을 거였다. 그러나 학계는 전통적으로 상아탑 속에 고립돼 있고, 인간 삶의 현실을 있는 그대로 파악하기 어려운 한계를 안고 있다. 학계는 그런 경험부족을 보완하기 위해 흔히 통계자료를 이용하곤 하는데, 통계자료에만 근거한 어떤 정책을 결정할 때 흔히 더욱 중요한 것이 간과되기 쉽다. 특히 정신보건 관련 문제를 다룰 때에는 통계자료의 해석 외에, 환자에 대한 이해나 치료에서의 사회적 맥락, 그간 해왔던 일의 장단점 분석, 현실적으로 새로운 정책의 도입시 생길 수 있는 부작용 같은 것 그리고 가장 중요한 '인간적' 요소들을 충분히 검토해야 한다. 인권에 치중하다 보면 알다시피 결국 정신질환자들은 병원보다 감옥에 가기에 십상이고 범죄의 노출, 사회의 불안정, 노숙자 양상, 가족 간 스트레스의 가중 등의 문제가 뒤따를 수 있다는 점을 간과해선 안 된다.

미국의 경험을 간단히 소개한 이유는 다름 아니다. 미국의 영향을 받아 우리나라 역시 탈원화의 철학이 도입되면서 만성 정신질환자들의 관리에 대한 새로운 오리엔테이션이 생겼다.

그러나 미국에서의 연구 동향이나 의료정책을 공부한 학자들이 우리나라에서 그 응용을 탐구하려 할 때 특히 정신보건 문제와 관련해선, 과연 미국에서처럼 인권의 지나친 강조로 말미암은 결과인 '인권병'에 걸린 환자들의 상황을 미리 충분히 검토했어야 했다. 정신질환자들의 인권을 폄하한다는 뜻은 전혀 없다. 다만 병식이 없는 정신병환자, 심한 알코올 중독자, 성격장애가 동반된 정신질환자 등을 다룸에 미국이 적용하는 인권의식의 잣대가 과연 우리에게도 타당한 논리인가. 미국에서도 실패한 그런 정책에 우리는 어떻게 이를 보완해 나가야 하나. 이런 방면에 대해 우리 사회에서의 논의가 부족했다는 사실이다.

요즘에 와 부쩍 늘어난 서울역 노숙자들의 대부분은 알코올 중독자를 비롯하여 성격장애가 동반된 정신질환자들일 것이다. 이들은 재활과 치료가 적극 필요한 사람들이다. 이뿐인가, 우리 사회는 갈수록 원자화되고 있는 가족구조다. 100만 명의 독거노인. 그들 중 상당수는 우울증을 앓고 있다. 케어가 필요한 환자들도 적지 않다. 자살률도 매우 높다. 우리의 과제는 이들을 폭넓은 케어 시스템 안으로 끌어들이도록 해야 한다. 그 외에 수십만 명의 아이들이 학교폭력에 시달리고 있다. 그 가해자, 피해자 가족들의 고통도 이만저만한 정도가 아니다. 관심 있는 관련 정신과 의사들의 분투도 기대된다. 알코올 중독은 한 해 2만 명 정도가 입원 또는 통원치료 중이다. 물론 치료를 거부하거나 치료 개념이 없는 알코올 중독자가 이보다 훨씬 더 많다고 봐야 할 것 같다. 치료를 받는 알코올 중독자 가운데 태반이 재발을 반복한다. 주취 난동자의 문제는 또 어떤가. 한 해에 이들로 인한 파출소의 경제비용이 400억 원에 달한다는 기사를 본 적이 있다. TV를 보니 주취 난동자가 취중에 인권 운운하면서 대드니 경찰은 전전긍긍하는 태도를 보이기까지 한다. 정신과 환자 가운데 어느 정도 강제성 치료가 필요한 환자가 많은데도, 이들은 제 맘대로 병원을 들락거린다. 마땅히 입원 치료가 필요한 환자이나, 절차상 '잘못' 입원시키면, 병, 의원이나 담당 정신과 의사들은 고소당하기 일쑤다. 그전과 달리 환자 가족의 심리적 부담이 더 커진 것만 같다. 그래서인지 요즘 정신과 의사들의 개입도 자연 수동적이 되고, 방어적 성향으로 변하고 있다. 생각건대, 지금의 이런 꼴이라면 정신 보건 관련 우리의 사회적 비용도 날로 늘어날 수밖에 없을 거라 예측된다.

지역사회 복귀 프로그램의 활성화는 참으로 소중한 의미가 있다. 중요한 철학이다. 그러나 지금의 지원정책으로서는 그 효과가 얼마나 될지 의아스럽다. 정신과적 재활치료에선 자원봉사의 활용, 지역사회의 긴밀한 협조도 필요하다. 또 직업재활을 위해선 일선기업들의 협조도 마땅히 있어야 할 것이다. 결코 쉬운 일이 아니다. 장기적으로는 비용·효과를 고려하되, '인간적'으로 따뜻한 프로그램의 정책이 있어야 하지 않나 싶다. 우리나라는 탈원화 운동의 바람이 한동안 학계에서 불긴 했지만, 최근 상황을 보면 정신과 병동 수가 오히려 점점 증가 추세에 있다고 한다. 보험공단의 빡빡한 지불 조건이 장기 입원을 유도케 하는지 모르겠다. 반면, 큰 규모의 정신병동을 유지하기 위해 경영자 쪽에선 장기 입원이나 다수 입원 환자를 유치하기 위한 경쟁에 쫓겨 환자 관리가 옛날 방식대로 되돌아가는 것이 아닌가, 우려도 된다. 정책 비전의 빈곤, 정신과 환자에 대한 일반의 인식 부족도 좋은 정책 개발을 저해하고, 일부에서 진행하고 있는 지역사회 복귀 프로그램 개발의 의욕을 꺾게 할 수 있다. 아, 가야 할 길이 멀고도, 멀도다.

* Scherer, R. A. 2002. "President's Commission Calls Mental health Care System 'A Maze'" Psychiatric Times 19(12)1-5.

알코올리즘 그 현상과 대책

　작년 한 해 알코올의존(중독) 관련 통계 자료를 훑어보니, 이 병 진단으로 입원한 환자가 남성이 5만 명, 여성 환자는 5천 명이 넘는다. 2005년과 간단히 비교해 보니, 남자는 30% 정도 여성은 50% 정도 증가했다. 알코올성 간질환은 어떤가. 남성이 3만명 가량 이 병으로 입원치료를 받은 바 있고, 여성은 3천 명이 넘는다. 5년 전 대비 30% 이상 늘었다. 알콜의존 환자는 대부분 정신과 전문병원에 입원했을 터이고, 알코올성 간질환으로 입원 치료를 받은 곳은 그 외의 병. 의원일 가능성이 높다. 입원이든 통원치료든 알코올의존이나 알코올성 간질환으로 치료받은 환자를 추계해 보니, 작년 한 해 30만 명이 넘고 있다. 사회역학 조사 통계로는 일반 성인 가운데 4~5%, 그러니까 우리나라 성인인구 가운데 100만 명 이상이 알코올남용이나 중독이라는 얘기다. 국제적으로 표준화된 진단 기준을 엄격히 적용할 경우 그렇다는 뜻이다. 알콜 문제에 대해 너그러운 우리 사회의 기준이 있어, 웬만한 남용이나 문제성 음주는 질병으로 취급되길 꺼리는 문화 탓도 있다. 쉽게 말해, 30만명 정도는 선진 외국대비 중증 알콜 환자인 셈이며 잠재 알콜 환자는 70만 명쯤 될 거란 추산이다.

　실제 임상에서의 체감으로도 그런 추산이 무리가 아님을 느끼게 해준다. 알코올 의존이 심한 상태인데도 본인은 물론 그 가족도 수년간 이 병의 '실체'를 모르고 지내왔다. 대학교수든 전문 직종을 가진 사람이든, 교육이나 직업, 빈부차이에 관계없이 이 병의 실체를 부인하는 것은 유사현상이다. 수년간 환자 자신은 언제든 술은 끊을 수 있다고 믿어왔던 자만심의 영향일 것이다. 결국, 잦은 고주망태에, 정신적으로 시달리다 못한 가족들이 그 동의하에, 강제 또는 반강제성 입원을 시키는 경우가 허다하다. 그간 일반 병. 의원을 들락날락 거리다가 종착역이 정신과 전문병. 의원임을 알고 뒤늦게 후회하는 가족도 적지 않다. 그나마 그런 병의 실체를 깨닫고 치료받는 환자는 다행이다 싶다. 어떤 환자들은 정신병 환자들이 있는 곳에 입원 되어, 같은 부류로 취급되는 것에 완강한 저항을 한다. 해서 이왕이면 알코올전문 병. 의원에 가는 것까지는 마지못해 동의한다. 물론 선택은 자유다.

　과거보다 사실 알코올리즘에 대한 일반의 인식에 상당한 변화가 있었다. 언론매체를 통해, 인터넷을 통한 직. 간접 홍보나 교육의 영향이 크다. 그럼에도 아직 환자이길 거부하고 자신은 그 병의 범주에서 예외일 거란 믿음이 상당 자리 잡고 있다. 이런 사람들은 넓게 보아 알코올리즘 고위험군 층 또는 통칭 문제 음주자로 볼 수 있다. 이들은 거의 치료대상 환자다. 그러나 이 '병'에 대한 무지로, 그들은 사회에서 각종 범죄나 사고를 저지르곤 한다. 폭력, 우울증 동반 자살기도, 가정불화, 재산탕진, 이혼, 실직, 주취운전 관련사고 등. 생각보다 그 사회적 여파가 대단히 크다. 알다시피 그 예측은 최소가 30만 명 정도다. 그 가족의 고통까지 헤아리면, 엄청난 사회적 비용 손실이 아닐 수 없다. 흔히 우리사회의 보건 문제로 암, 심혈관질환, 뇌졸중 비롯하여 치매환자를 주된 이슈로 꼽는다. 그러나 사실 알코올리즘이 다른 어느 문제보다 심각하고 중대한 우리사회 문제인 것이다.

작년 가을쯤인가. 모 신문에서 보았던 기사가 아직 인상 깊게 남아있다. 부산의 어느 경찰서와 연계해서, 알코올리즘 환자를 교육시켜 봤더니 난동성 범죄가 크게 낮아졌다는 보고다. 술에 취해 난동을 부리던 사람 때문에 매일 한밤중이면 골머리를 앓던 경찰관들이 벌주는 대가로 알코올치료 센터에 이들을 위탁교육 시켰던 것이다. 수개월 지나보니 주취난동 건수가 눈에 띄게 감소했다. 앞으로 계속 그 프로그램을 이용할 계획이란다. 사건당사자들 대부분은 뒤늦게 알코올리즘의 이런저런 폐해에 대해 깨닫고 그 감사의 뜻을 전했다고 한다.

　전문영역의 다른 의사는 물론 일선 보건관계자들도 알코올리즘의 사회적 폐해에 대해 그 '실체'를 새삼 환기할 필요가 있겠다. 갈수록 그 문제의 정도가 커지는 사회여서다. 일반 의사들도 알코올리즘 환자에 대해서 단순 대증 처방이나 통원치료만으로는 그 근본 치료가 불가능하다는 것을 숙지할 필요가 있다. 금단 증상이 동반되는 등 중증이라면 반드시 정신과 전문병. 의원에 입원 치료를 요한다. 공공 분야에서는 일차, 이차, 삼차의 치료개념은 도입시켜 그 역할과 기능에 대해 활성화를 시켜야 될 것이다. 일차적 케어는 앞서 부산의 어느 경찰서에서 시도했듯, 알코올리즘 문제에 대한 인식의 제고, 교육 등도 좋은 경험이다. 교도행정, 주류업종사자, 일선상담 종사자,· 기업연수, 경찰이나 법조계 종사자들에게도 알코올리즘 일반에 대한 그 문제의 실체를 알려야 한다. 뿐더러 사회일반을 위한 절주운동의 필요성이 여러 캠페인을 통해 강조되어야 한다. 이차적 케어는 전문 의료기관에서의 치료다. 삼차케어는 재활적 기능이다. 우리사회에서는 이쪽 부분이 아직 상당 취약하다. 다른 환자들과는 달리 알코올리즘 환자들에 대해서는 별개의 재활프로그램이 필요하다. 공적 지원이나 협조가 필수적이다. 이 병의 특성상, 잦은 재발, 사회부적응의 문제가 악순환의 고리를 만들어서다. 직업 재활에까지 손이 닿도록 관련 전문가들이 합심하여 경주해야 될 일이다. 알코올리즘 환자야말로 생산복지의 개념을 구현시킬 수 있는 질병의 대표적 케이스다. 단주로 회복이 되면 재활과정을 통해 직업이나 사회복귀에 웬만큼 성공할 수 있다. 알코올리즘 환자는 장애 아닌 장애자다. 갈수록 커져만 가는 이 문제에 대한 종합적, 체계적 대책이 필요한 요즘이다. 새삼 한번 돌이켜 보았다.

자살 예방 고찰

한·일 합병 전후로 매천 황현이나 민영환의 자살은 한 마디로 '의로운 분노'에서 였다. 물론 거기엔 개인적 자괴감도 섞여 있었다. 네덜란드 헤이그에서의 이준 열사의 할복에 따른 자결 역시 이타적 행동에서였고, 억제된 분노의 외교적 호소였다. 일제 강점기에도 적빈赤貧은 자살의 주요 동인이 되지는 못했을 터다. 아직 유교 문화의 유산을 물려받은 영향이 컸던 탓일 게다. 부모에게서 물려받은 신체발부受之父母 身體髮膚를 훼손하는 자살은 강상綱常에 어긋나는 일이었기 때문이다. 뿐더러 그 시절 대가족 사회에서 자살은 결코 쉬운 일이 아니었다. 가족의 지지, 나눔, 공동체 의식이 남아 있던 사회에선 불만이나 좌절의 감정은 적정 흡수되고 용해될 수 있어서였다.

우리 사회에서의 자살률 급증은 산업화, 현대화되면서 두드러졌다. 어느새 학력, 능력, 배금주의가 중심 가치가 된 사회가 돼 버렸다. 사촌이 땅 사면 배 아프다는 속담이 있듯, 그 심정이 온 사회에서 비교, 경쟁, 질투하는 심리로 확산되었다.

사회 변동에 따른 자살의 동인에도 큰 변화가 있었던 게 사실이다. 1970, 80년대 우리나라 농촌 자살률은 세계 최고였다. 급격한 이농 현상과 가족기능해체 탓이다. 1970년 본격 노동운동을 촉발시킨, 전태일의 분신자살 같은 이타적 의미의 자살은 이제 더 이상 없어 보인다. 한때 운동권에서 자살을 정치적 선동의 목적으로 이용할 의도가 엿보여, 김지하 시인이 그 '죽음의 굿판'을 집어치우라고 일갈했던 기억이 있다.

최근 자살의 양상을 보면, 이전과는 확연 달라진 모습이다. 이기적인 동기와 아노미적 상황(사회적 소외나 스트레스)이 중첩된 모습이다. 자살이 유명 연예인이나 고위 공무원, 지식인층에서도 빈발함을 본다. 자살의 주된 동기에 수치심이 크게 자리 잡고 있다. 일본 같은 '선진국형'으로 달라진 것이다. 개인의 명예, 자존심, 비교심리가 자아정체성에서 큰 비중을 차지해서다. 더불어 환경변화에 취약한, 나약한 자아상도 자살 유인의 큰 문제가 된다. 좋은 대학, 출세만 잘하면 최고다. 돈만 잘 벌면 최고라는 생각이 사실 모두를 힘들게 만들고 있다. 해서 이기적, 자아도취의 인간형만 양산된다. 이런 토양에서 자란 사람은 나중에 특정분야 전문가로 성장해도, 자기밖에 모르는 '유치한 심성'을 여전히 안고 지낸다. 그 과정에서 가시적 성과에만 매달리다 보니, 무엇 때문에 사는 건지 가끔 혼란스럽다.

여기에 가혹한 물리적 스트레스에 계속 노출되다 보면, 우울증 혹은 자포자기에 따른 충동적 자기 파괴적 행동이 뒤따를 수 있다.

사실 자살 원인의 절반쯤은 우울증 때문이다. 집착이나 기대에 따르지 못해 생긴 좌절감, 처리하기 어려운 분노 같은 게 쌓여서다. 고착된 우울은 뇌의 질적 구조적 변화를 야기한다. 따라서 흔히 행동이나 성격의 변화도 주목된다. 정서가 위축된 탓에 스스로를 객관적으로 인식하기 어렵다는 문제점도 있다. 치료의 권유에도 협조가 쉽지 않은 게 이런 이유 때문이다. 어쨌든 자살 예방은 우선 우울증 조기 발견에 따른 조기 치료가 최선이다.

세상이 언제 험난하지 않았던 시대가 있었던가. 스트레스란 결국 본인이 받아들여야 할 대응 자세의 문제이기도 하다. 이런 자세는 물론 교육이나 성찰을 통해 성취된다. 교육 환경의 변화도 마음의 면역기능 강화를 위한 중요한 수단이다. 생존을 위한 지식교육 이외에도 또 다른 형식의 교육, 곧 '경험적 진실'을 겪게 하는 삶의 교육이 반드시 동반되어야 한다. 학년별 인문학적 교양 공부, 예술 관련 취미활동 독려, 속에 쌓인 부정적 에너지를 발산시킬 수 있는 심신단련 같은 프로그램이 반드시 뒤따라야 한다. 대학생이라면 동아리 활동을 통한 협심, 토론, 생각이나 감정의 공유 같은 경험도 필수다. 명상만큼 마음을 밝고 맑게 해주는 것도 없다. 모두는 나중에 자신이 무엇으로 유명해지든, 무엇으로 큰 축재를 하든 그 모든 게 다 '삶'의 방편들임을 깨달아야 할 것이다. 교육이 그 자체로 목적이 되어서는 곤란하다. 지식공부 역시 삶의 의미를 찾는 일에 흥미를 더해 주도록 방향이 지워져야 한다. 정신 건강이 전제되지 않은 공부라 한다면, 결국 다른 모든 공부는 그 의미를 상실하게 될지도 모른다는 우려에서다.

자살 예방 전략

우리나라가 세계적으로 자살률이 높다는 것은 어제오늘만의 일이 아니다. 하루 평균 35명꼴. 최근엔 노인인구 증가와 더불어 노인 자살률의 급증이 사회적 큰 문제다. 또 사회 지도층이나 유명 연예인의 자살도 눈에 띄게 늘어난 인상이다. 자살의 원인으로 흔히 사회적·개인적 스트레스를 주범으로 꼽는다. 하나 어느 시대, 어느 사회든 스트레스가 없는 삶이 있었던가. 문제는 스트레스 그 자체가 아니다. 스트레스에 대한 개인의 수용 능력이나 그 태도가 더욱 중요한 변수일 게다. 알다시피 급격한 산업화, 자본주의화에 따른 물질 제일주의. 여기서 비롯된 생명 경시 풍조가 근본 원인遠因일 터다. 가깝게는 임상적으로 각종 우울증이 큰 부담이다. 자살 기도자 가운데 70% 정도가 우울증 관련이다. 우울증 환자란 감정이나 인식에서 폐쇄성이 특징이다. 이들의 또 다른 특성도 있다. 자신의 문제를 순전히 실존적 문제로만 인식하려 든다. 스스로 이를 극복하려 여러 시도를 해봤다고 하나, 탈출구가 없다고 단정한다. 자살 상념이 자주 맴돌다 보면, 자살 기도의 위험도 그만큼 높아진다.

불교에선 깨닫지 못한 사람의 다른 표현으로, 인식에 대한 무지와 감성에 대한 무지를 들고 있다. 역시 우울이나 자살 기도자의 경우, 인식과 감성의 왜곡이 주된 질병처이다. 해서 현대정신의학에서는 인지(심리)치료나 약물(항우울제)에 의한 감성 치료가 치료의 핵심 과제로 다뤄지고 있다. 치료 모델에선 스트레스, 성격, 주변의 지지 support라는 세 가지 변인들에 대한 그 영향을 세심하게 사전 평가하는 일이 있어야 한다. 자살·우울군의 사람들 대부분은 역시 물질적 가치(돈, 명예 등)에 너무 매몰돼 있는 자아ego가 회복의 큰 걸림돌이다. 육체와의 지나친 동일시도 극복하기 어려운 문제 중 하나다. 표면적으로는 신병 비관, 외로움, 자존심의 상처, 가정불화로 인한 상심이나 억압된 분노 등이 자살의 동기로 흔히 내세워진다. 누구도 해결할 수 없는, 피할 수 없는 실존적 삶의 문제로 생각한다. 하나 그 이면을 면면히 살펴보면, 그 외적 동인動因보다는, 역시 육체적 가치에 지나친 자아의 동일시가 큰 병폐임이 밝혀진다. 알코올 중독 환자가 알코올의 탐닉에서 벗어나지 못하는 이치와 같다. '육체적 가치'에의 중독이 바로 우울이나 자살의 근본적 동인이란 뜻이다.

자살 예방을 위한 전략으로는 다음 세 가지 예방개념으로 요약될 수 있겠다. 일차, 이차, 삼차 예방 개념이다. 일차 예방이란 사회 일선에서 정신 건강 관련 종사자들이 예방을 위한 홍보나 핫라인, 또는 정보 제공을 해주는 서비스다. 자살이 '질병'이란 개념도 알릴 필요가 있다. 간단히 스크린 테스트(자가 진단표)도 해 볼 것을 안내한다. 위험군의 조기 발견에 따른 위기 개입도 준비해야 한다. 종교체에서의 생명의식 고양을 위한 교육, 학교 내 정신 보건 교육의 강화 등이 예다. 요컨대 예방을 위한 제반 공적 서비스는 모두 이에 해당할 수 있다고 보는 게 일차 사업의 특징이다.

이차 예방이란 직접적인 개입을 말한다. 극복을 위한 본격적 치료 개념이다. 예컨대 자살관련 장기 우울증이 있다면, 이는 심리적 변인보다는 뇌의 생물학적 변인이 더 크게 작용한다. 최신 정신의학은 이런 경우 '뇌의 질병'으로 규정한다. 정신과 의사의 역할이나 기대가 커지는 것이다. 일선 상담에선 그 경·중을 가려, 중증으로 생각되면 반드시 전문 의사에게 의뢰함이 마땅하다. 경증인 경우라도, 집중 상담이나 가족 상담 등을 하면서 사려 깊은 지속적 관찰이 뒤따라야 한다. 상담은 반드시 전문 훈련 과정을 이수한 자라야 한다. 내담자(우울, 자살 기도자)의 상담 협조에 대한 정신적 저항이 만만치 않고, 어설픈 대처라면 오히려 그 상황을 더 악화시킬 소지가 많아서다. 폐쇄성 '자아 중독'은 예상외로 그 뿌리가 깊음을 간과해선 안 된다. 적당한 충고도 금물이다. 그냥 기도해 보라든가, 등산에의 권유, 직업을 바꾸라든가, 단지 휴식을 해보라는 등의 충고는 겉으로는 그럴듯한 관심의 표명 또는 정신적 지지를 해주는 것으로 보이나, 내면의 절박한 심정에 갇혀 있는 자에겐 하나의 사치스런, 동정 어린 구절로만 들려 올 수 있어서다. 제반 상담에는 비밀 보장이 의당 지켜져야 한다. 제대로 평가된 후엔, 그 내용을 책임지고 케어해 줄 수 있는 가족에게 통보해 줘야 한다. 신심이 얕거나 그 뿌리가 흔들리는 경우, 섣부른 종교적 개입은 그 효율성이 떨어진다.

삼차 예방이란 사회적 재활의 의미다. 직접적인 상담·치료 개입 후 얼마간 회복되었다 싶으면, 그 후 의식을 좀 더 높은 수준으로 이끌어 주는 작업도 포함된다. 자신에 좀 더 떨어져서 볼 수 있도록 안목을 키워주는 작업이기도 하다. 종교적 수행, 명상, 각종 봉사활동에의 권유, 취미생활 등 다양하다. 사회적 유명 인사가 극복 스토리를 널리 대중에게 알려주는 것도 유익한 예방 의미가 있겠다. 인지 왜곡이든 감성왜곡이든 어느 한 쪽에서 문제가 해결될 기미가 보이면, 선순환의 싸이클을 밟아 회복에서 그 탄력성을 얻게 된다. 재발 방지도 새겨두어야 한다. 해서 인간관계에서의 회복에도 초점이 맞춰져야 한다.

정신 복지 사업 종사자들은 전문적 소양과 더불어 이 문제 관련 타 분야와의 네트워크 관계도 긴밀히 유지해야 한다. 사람마다 적정 처방·개입이 다를 수밖에 없고, 자기 쪽에서 개입의 한계를 얼마간 인정하는 것이 현명한 처사로 보여서다.

'순수 의식'과 정신건강

　가끔 나는 TV 동물농장 프로그램을 보곤 한다. 얼마 전에 본 내용은 아직도 뇌리에서 잘 떠나지 않는다. 외국인 여성, 동물 심리학자란 분이 함께 출연한 내용이다. 거기서 그녀는 이상 행동을 보인 개나 말을 만난다. 동물과의 만남 면전에서 그녀는 잠시 침묵한다. 때론 동물을 쓰다듬으며 속으로 무언가를 되뇌는 모습이다. 곧이어 그 동물의 주인 되는 분과 얘기를 나눈다. 동물의 속마음을 전해 주는 것이다. 저간의 속사정을 알아챈 주인은 공감을 표시하며 눈물을 글썽이곤 한다. 며칠 지나, 눈에 띄게 달라진 동물의 행동 변화가 주목된다. 시청자들도 충분히 이에 따른 공명 반응을 하게 된다. 그녀의 뒷말은 대체로 이러하다.

　동물은 말로 표현 못 하나 주인의 속사정이나 감정까지 알아내는 능력이 사람 못지않다. 그리고 동물 스스로 자기 입장을 받아들이는 이해와 감성의 능력도 있다고 한다. 다시 말해 어느 동물이든 인간과 다를 바 없는 '인격성' 같은 게 분명 있다는 전언이다. 그녀의 사실 경험을 통해, 또 객관적 검증을 통해 드러났으니 믿지 않을 수 없는 도리였다.

그런 반면 몇 해 전 읽은 책 기억이 또 하나 떠오른다.『물은 답을 알고 있다』는 책을 써 일약 세계적 명사가 된 일본인 학자 에모토·마사루의 메시지다. 그의 연구는 가히 충격적이다. 알다시피 생명의식이 없어 보이는 단지 물水이라는 물질이 인간의 감정이나 생각에 반응한다는 놀라운 사실이다. 그는 사랑, 미움 등 여러 감정을 말로 또는 물병 위에 글로 써 놓고 그 전후의 물 분자구조의 변화를 살펴보았다. 드라마틱한 변화였다. 사랑 등 긍정적 감정을 드러내 주면 물은 아름답고 신기한 결정체 구조가 된다. 반면 미움이나 악감정 등에 노출되면, 물 분자는 엉망이고 흐트러진 기괴한 모양으로 변하고 만다. 전에 없던 그 특수 촬영기법이 그의 전매특허다. 이런 내용의 논문은 영국의 과학 잡지『네이처Nature』에 투고된 바 있다. 당시 게재된 논문에 대해 편집자는 "이것은 믿을 수 없는 실험이다. 물리학적 근거가 없다."는 코멘트를 말미에 달아 놓기도 했다. 아름다운 음악을 들려주면 물은 제각기 개성적인 아름다운 결정을 드러낸다. 시끄러운 소리, 또는 망할 놈, 나쁜 놈이라 써 붙인 글씨에 노출되면 제 맘이 속이 상하기라도 하듯, 물의 결정 구조는 확연히 엉망이 되고 만다. 물과 같은 무생물일지라도, 진짜 '의식'이 있다는 사실의 방증인 셈이다. 하나 그 신비는 아직도 밝혀지지 않고 있다.

1990년대쯤, 우리나라에서도 식물의 의식 반응 같은 걸 밝혀낸 방송보도를 본 생각이 난다. 식물도 음악을 들려주고, 사랑스러운 보살핌의 손길이 닿으면 마치 의식이 있는 것처럼 생육도 좋아지고 그열매도 잘 맺는다는 것이다. 그 결과, 지금도 온실 재배에서 이렇듯사람 대하듯 식물을 키우는 이가 있다는 소식을 가끔 아침 방송을통해 접하기도 한다.

동물은 물론 식물, 심지어 물과 같은 무생물에도 '의식'이 있다는게 과학으로 증명되는 세상이다. 동물 의식은 사람과 진배없는 수준. 뇌가 없이도 의식이 상존한다는 이상 논리다.

그렇게 보면, 일체 만물에 불성佛性이 있다는 불가佛家의 얘기도 형이상학이 아니라 과학으로 다가온다. 사람들이 흔히 일컫는 우리의(인간중심의) 마음이라는 것. 그것의 바탕엔 만물 공통의 근원인 그와같은 '순수의식'이 깔려 있다고 봐도 무방하지 않을까 싶다. 여기서말한 순수의식이란 정신의학에서 말하는 세 가지 수준의 의식, 곧의식, 전의식, 무의식이란 것과는 그 성질이 다르다. 그런 부류의 의식을 떠난, 그런 의식의 바탕이 되는 의식이다. 해서 일컬어 '순수의식'이라 지칭된 것이다. 인도의 옛 성자였던 마하라지나 마하리 쉬,크리슈나 무르티 같은 분들도 이런 의식을 두고 우리의 본래 고향이나 근본 바탕이라는 의미를 강조하기도 했다. 부연하면, 순수의식은곧바로 우주 의식과 다른 게 아니다. 우리 인간의 에고ego라는 것도,

사실은 이것의 희미한 부산물쯤인 것으로 간주된다. 개체 영혼이라는 것은 이 에고와 순수의식의 중간쯤일 것이다. 순수의식은 빛과 사랑 또는 자비로 넘쳐나는 우리의 본래 모습이다. 늘 침묵에 휩싸여 빛나는 이 순수의식을 참구해 보면, 이 우주가 본래부터 하나라는 생각도 드는 것이다.

이런 관점의 설명은 모든 부류의 명상(또는 명상적 치유)에서 공유되는 깨달음의 하나가 이런 뜻에 함축돼서다. 나는 회복기의 알코올 중독 환자나 우울증 관련 환자를 대할 때 종국에는 이런 의미 관련 명상법을 소개해 준다. 뜻밖에 그 반응이나 결과가 좋았던 경험이다. 정신 건강의 증진에는 어떤 치료방식을 따르든, 그 사람의 의식 수준의 제고 없이는 궁극적 해결도 없을 거란 게 내 소견이다.

자살예방, 우울 예방의 집단교육을 할 때에 관련 종사자들은 역시 모두가 의식의 참다운 변화를 겪게 하는 것이 한 가지 훌륭한 방책이라 믿어야 하지 않을까 본다.

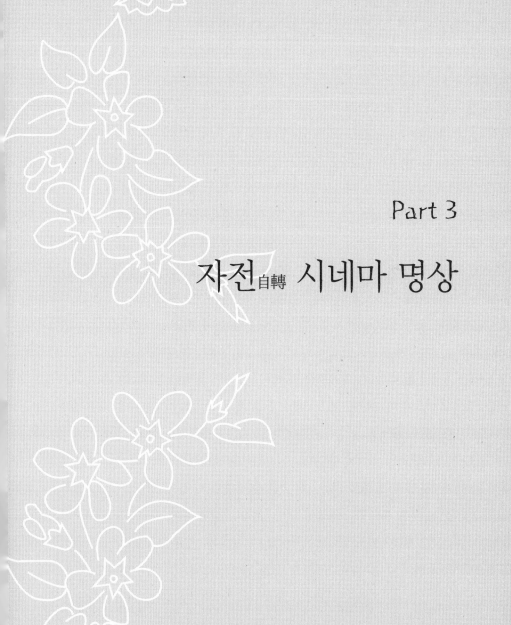

Part 3

자전自轉 시네마 명상

멋진 신세계

내가 명상 공부를 한 게 일 년 남짓 되나 보다. 요즘 들어 나는 왜 진작 이쪽에 관심을 두지 못했던가 하는 아쉬움이 들기도 했다. 아마 이랬던 탓이었을 게다. 명상이란 신비한 체험, 일종의 사이비 종교, 또는 자신만의 안일한 도피처쯤으로 생각했던 점도 있었으리라. 그러나 불교 관련 서적들을 뒤적여 보다가, 티베트의 위대한 요기 『밀라레파』의 전기를 읽고 나는 큰 감동을 받았다. 그 뒤 기독교의 영지주의 맥락을 웬만큼 이해하기도 했다. 그런 뒤 나는 명상에 대한 나의 편견이 크게 잘못됐다는 걸 깨닫게 되었다. 동양의 오랜 종교·문화적 전통은 사실 옛 서책에만 쓸쓸히 묻혀 있는 게 아니었다. 비록 현대적인 교육을 받아, 우리 의식이 전에 비해 상당 개화되었다 하더라도, 그리 의기양양할 바 못 되는 것 같다. 의식의 진화적 측면에서 보자면 아무리 똑똑한 현대인일지라도 옛 선현들보다 그리 나을 바 없어 보여서다.

명상 수련을 하다 보면, 참으로 과학적이고, 대단히 지혜로운 열매를 얻게 해주는 공부라는 걸 새삼 느끼게 해준다. 물론 여기에도 일정 지도나 안내를 받아야 함은 당연한 코스다.

최근 들어 미국이나 유럽 쪽에선 동양의 명상에 대한 붐이 크게 일고 있다고 한다. 이십여 년 전부터 서양 의학 분야에서도 치료법의 하나로 본격 도입, 이젠 우리가 명상치유 방법을 역수입해오는 상황에까지 왔다. 아이러니다. 국내 일부 유명 의대에선 암환자를 케어 하는데 이를 수용, 환자의 삶의 질을 크게 개선했다는 보고다. 일반 의사들의 관심도 높아지고 있다고 한다. 앞으로는 서양인보다는 동양의 풍토에 젖은 우리가 이 분야를 더 발전시킬 여지가 많다고 본다.

아무렴 어쩌랴. 명상의 세계에선 그 누구든 환영이다. 의사들이 관심을 더욱 두게 되면, 자신의 계발은 물론 환자들에게도 유익한 처방이 될 수 있으리라 여겨진다.

삼각산 도선사의 주련에는 이런 구절이 씌어 있다. "내가 예부터 지어온 악업은, 끝없는 탐·진·치(탐욕, 성냄, 어리석음)에서 비롯되었네, 몸과 입과 뜻에 따라 지은 허물, 내가 이제 속속들이 참회하나이다. 아무리 오랫동안 쌓인 죄라도, 한 생각 돌이키면 문득 사라지네. 마치 마른풀이 불에 타듯"(월서 스님 역). 한 생각 돌이킨다는 말, 그 뜻, 그 또한 하늘에 마음을 빚지는 일과 다름없을 것이다. 이 얼마나 멋진 풍광인가. 신세계는 바로, 여기에 있는 우리 마음. 그 깨달음에 있다는 소리이기도 하다. 명상의 세계에선 분명 그윽한 생명의 향기가 서려 있다.

건강십훈健康十訓, 인생십훈人生十訓

　얼마 전 집 근처 식당에 간 적이 있었다. 혼자 식사를 기다리던 중, 벽에 걸려있는 작은 액자 하나가 눈에 들어왔다. '건강십훈'의 내용이 일목요연하게 적혀 있었다. 한 줄씩 음미하다 보니, 현대 의학으로 봐도 상당히 뜻깊은 내용이었다. 여기에 이를 다시 소개해 본다.　　그 첫째, 小肉多菜(고기보다 채식을 많이 하라) 둘째, 小酒多果(과음은 피하고, 과일을 많이 먹자) 셋째, 小車多步(많이 걷자) 넷째, 小慾多施(과욕을 버리고, 덕을 베풀자) 다섯째, 小依多浴(옷은 얇게 입고, 목욕은 자주 하자) 여섯째, 小煩多眠(번민은 피하고, 잠을 충분히 자자) 일곱째, 小言多行(말은 적게 하고, 행동으로 실천하자) 여덟번째, 小鹽多酢(짠 음식은 건강에 해롭다. 감식초 등 발효식초를 즐기자) 아홉번째, 小食多嚼(과식은 피하고, 잘 씹어먹자) 그리고 열번째가 小噴多笑(흥분을 피하고, 언제나 명랑한 마음을 갖자)이다.

이미 사회 일반에 많이 알려진 사실이기도 하다. 허나 곰곰이 다시 곱씹어봐도, 이 이상의 건강 관리법이 없지 않을까 싶다. 현대 의학 개념으로 이를 잠시 풀이해 보자.

십여 년 전 미국의 어느 유명식품 영양학자가 최고의 건강식품 열 가지를 열거한 적이 있었다. 현미나 호밀 같은 콩이나 견과류, 시금치, 녹차, 적포도주, 연어, 마늘, 블루베리, 브로콜리, 토마토가 있었던 것으로 기억된다. 그 외에 요구르트, 해조류, 고구마, 양파(플라보노이드 성분, 암 예방 혈관기능개선), 당근(베타카로틴 성분, 항암효과), 버섯 등을 추가로 포함할 수도 있었다. 적포도주(폴리테놀, 레스베라트롤 같은 성분이 심장질환, 폐질환의 예방효과, 항암효과)는 값이 비싼 게 아니다. 우리의 머루주로 대체할 수 있다. 연어는 꽁치나 고등어 같은 등푸른 생선으로 대체가 가능하고, 블루베리는 오디나 복분자, 또는 곤드레 나물 같은 것으로 대체할 수 있다. 브로콜리는 요즘 우리나라 어느 시장에서도 얼마든 쉽게 구입할 수 있다. 토마토는 날 것보다는 올리브기름에 데쳐 먹으면, 주요 성분(리코펜, 비타민A 등 항산화. 항암효과)의 장내 흡수가 훨씬 더 낫다고 한다. 그 외에 각종 나물류도 몸에 상당히 이롭다고 알려져있다. 녹차(카테킨성분, 암 예방등 각종 성인병 예방에 효과)가 좋다는 것은 이미 잘 알려졌다.

간추려 보자. 최고의 건강식품들은 비싼 게 별로 없다. 가까운 곳에서 누구든 쉽게 구할 수가 있다. 대부분 식물이다. 과일, 채소, 견과류가 주종을 이룬다. 여기엔 미네랄, 각종 비타민, 필수 아미노산이 풍부하다. '건강십훈' 가운데, 채식을 많이 하고, 과일을 많이 먹고, 짠음식 피하고, 몸의 산성화를 예방하는 감식초 같은 발효식품 등을 먹는다는 것. 현대 의학의 베스트 건강식품과도 일맥상통하다. 물론, 잘 씹어 먹어야 장내 흡수율도 높고 위장에도 부담이 안 된다. 술로써는 적포도주가 추천되나 과음하라는 뜻은 없다. 육류로써 돼지고기나 쇠고기는 없다. 몸에 유익한 콜레스테롤을 제공해주는 꽁치, 고등어, 연어 같은 등푸른생선이 추천될 뿐이다.

그다음 많이 걷자는 것이다. 운동을 규칙적으로 하는 것만큼 보약이 따로 없다. 얼마 전 한 TV 방송에서 일본의 슈퍼노인 프로그램을 본 적이 있다. 요체 중 하나는 이렇다. 초기 치매에 걸렸던 노인이 있었는데, 하루 만 보 이상(약 5km 정도) 조깅을 일 년 이상 했더니, 치매 증상이 거의 다 없어졌다. 뇌 MRI를 찍었는데 운동 후 전과 비교해보니 큰 차이가 있었다. 뇌의 전 전두부(앞이마 가까이 있는 뇌의 부분으로, 치매가 오면 이 부분의 퇴화가 심해 판단력, 사고력, 이해력에 큰 장애가 생긴다.)쪽을 살펴보니 새로운 축삭 돌기 등 뇌신경 세포들이 새로 생겨났음이 확인된 것이다. 퇴화를 겪던 뇌세포가 새로운 생기를 얻었던 것이다. 운동을 하다 보면 뇌세포 기능을 촉진하는 특정 물질의 체내 분비가 왕성하게 일어난다는 것이 입증되었다. 알다시피 운동으로 땀을 빼면, 체내 노폐물의 처리가 원활해지고 신진대사가 촉진된다. 따라서 피부, 면역기능, 심폐기능이 좋아진다는 것은 더 이상 말할 나위가 없다.

'건강십훈'의 나머지 내용은 주로, 정신 건강에 관한 것이다. 과욕을 부리지 말고, 번민을 피하고, 말을 아끼고, 흥분을 피하고, 명랑한 마음을 갖자는 것. 듣기에 좋고, 아주 간단한 것 같지만 사실 실천하기에는 그리 쉬운 일이 아니다. 번민은 피하려고 마음먹는다고 피해지는가? 흥분은 단지 억제한다고 해서 근절이 되는가? 명랑한 마음 역시 마음먹는다고 될 일인가? 결코 쉽지 않은 일이다. 사람의 성격에 따라 스트레스를 대처하는 방법도 가지각색일 것이다. 해서 정신 건강에는 어느 한 쪽의 일방적 충고나 물리적 대처 방법은 그 효용성이 의심된다. 그러나 여기서 최선의 방법을 몇 가지 제시해 보려 한다. 첫째, 운동을 꾸준히 하면, 번민의 반은 줄일 수 있다. 운동은 복잡한 번민을 단순하게 정리해주도록, 심신의 여력을 갖게 해준다. 둘째, 평소 마음에 관한 공부를 하는 습관을 가진다. 명상이든, 성경책이든, 불교에 관한 책이든, 마음의 본바탕이 무언지, 삶의 목적을 어디에 두고 사는 게 바람직한지, 그 화두를 늘 잊지 않고, 참구해 보려는 태도가 있어야 한다. 말하자면 내면생활의 질을 높이려는 진지한 자세가 필요하다. 셋째, '화'를 다스리는 방법을 나름대로 터득해야 한다. 화나고 짜증 날 때, 적절한 표현이 있어야 하지만, 동시에 어느 때든 남과 자신을 용서해 줄 수 있는 마음의 아량을 갖도록 하자. 넷째, 인간관계에 사고의 유연성이 굉장히 중요하다. 남의 입장에서 생각해 보기, 유머 사용을 즐기기, 좋은 말 쓰기 등을 습관화해야 한다. 다섯째, 일과 관련해서다. 일이라는 것이 대부분

돈 버는 것과 관련이 많다. 일을 하는 데 있어서 남의 눈치를 지나치게 의식한다든지, 억지로 한다든지, 무언가가 두려워서, 또는 불필요한 경쟁심에 촉발되어 스트레스를 받거나 하면 일 자체에 대해 남보다 몇 배나 큰 스트레스를 받는다. 그런 부정적 생각을 떨쳐버리려면, '그때, 그 장소'에서 자신의 자발적 동기에 의해 최선으로, 열심히 해 본다는 자세가 있어야 한다. 일 자체로 스트레스를 풀라는 뜻도 있다. 아무리 힘이 들더라도 능동적으로 일을 해 나가는 사람들은 대부분 정신적으로 건강하다. 마지막으로 '나는 세상을 위해 무언가를 봉사하련다'는 취지의 인생철학도 가져봄 직하다.

그리하면, '건강십훈'은, 바로 '인생십훈'으로 우리 웰빙 삶의 기본 수칙으로 삼을 만한 것이 될 것이다.

시詩 치료 1

고등학교 2학년의 한 남학생이 말했다. "어려서부터 양쪽 눈이 나빠 잘 놀지도 못하고 외톨이처럼 지냈어요. 시를 쓰면서 연민이나 포용하는 감정이 생겼어요. 표현하는 힘, 상상력에 젖다 보니 성격에서 짜증 나는 것도 많이 삭혀졌어요." 그 학생이 쓴 시 한 구절이 눈에 띄었다. "그대가 검은 눈으로 햇빛을 재봉질한다." 여기서 검은 눈은 가난하고 불쌍한 사람의 눈이라 했다. 거기엔 또 시력이 나빴던 자기의 눈도 투사됐던 셈이며, 그간의 자신의 어두웠던 마음도 함께 투영되었으리라. 다른 학생의 경우다. 중학교 때부터 소설을 좋아했다. 소설 속 등장인물이나 주인공과 자신을 많이 동일시했다. 그럼, 작품이 꼭 내가 쓴 기분 같았다. 자신에 대한 소설도 수필형식으로 써봤다. 글을 쓰다 보니, 내가 객관화되는 체험이다. 머릿속에 고여 있던 게 많이 배출되는 것 같았다. 요즘은 시를 쓰는데 말을 압축 표현하려다 보니, 사물을 세밀히 관찰하는 습성이 생겼단다. 이 학생의 시 한 구절이다. "정류장에는 텅 빈 그녀의 껍질만이 오지 않는 버스를 기다리고 있다" 죽음에 대한 두려움 혹은 실존적 불안에 대해 그리 표현했던 거다. 기특하지 않은가. 덩달아 옆의 한 여학생이 조용한 목소리로 대꾸했다. "자기중심적이고 이기적인 면이 많았는데 그래서 너무 갇혀 지냈어요. 친구들과 잘 어울리지 못했는데, 이젠 주변 얘기들을 그냥 흘려보내지 않아요. 애정을 갖고 잘 살펴보는 마음도 생겼어요. 자신감도 생겼구요." 콤플렉스가 완화됐다는 소리다. 얘기는 자연스럽게 흘러갔다. 다른 남학생 왈, 시를 쓰면서 눈이 더 넓게 열려졌고 주체적으로 생각하게 되었어요. 집중력도 좋아진 거 같아요. 이어 또 다른 학생이 그랬다. "전엔 표현을 잘 못했고, 연애하고 노는 것밖에 몰랐는데, 그런 객기를 다 버렸고 어머니한테 입은 상처도 많이 극복하게 됐고요." 스스로 찾은 밝은 의지가 대견스러웠다.

우연히 만난 내 경험이었다. 지도교사인 안명옥 시인은 시가 마음의 치유적 기능이 있다고 확신했다. 사회적응을 잘 못 했던 학생들이 일 년 새 눈에 띄게 달라졌다는 게 그 징표란다. 심지어 자살관념에 젖던 학생도 시 공부하면서 180도 마음이 달라졌다. 글을 읽어 간접체험을 하고, 시를 쓰고 읽고 함께 품평회를 하는 그 과정에서 자신을 재발견함이다.

최근 10년 새 여러 학회에서 시 치료 연구가 활발했다. 문학의 사회적 효용성에 대해 점차 그 관심이 늘고 있는 모양이다. 시는 특히 청소년이나 대학생들에게 마음을 정화해주는 좋은 친구다. 문학 치료 일반의 특징이 그렇듯, 남 의식 않고 스스로를 조용히 살펴보게 하는 안전한 방법이다.

간디학교의 한 여학생은 엄마와 관계 갈등을 겪었으나 인도여행을 다녀온 뒤, 이런 시를 썼다. "눈앞에 당장 쏟아질 것만 같은 수많은 별들/ 내 가슴속 두근거림과 설렘의 소리/ 내가 살아있음을 느끼게 해주는 내 안의 폭풍 같은 감정들/ 신기하구나. 오늘도 내일도 그럴 것이다/ 그로써 내 영혼이 살아있음을 느끼는 일……" 그 후 엄마와의 관계도 훨씬 더 푹신해졌단다. 그렇게 자가 시 치료를 하는 경우도 있다. 사랑스러운 청소년들이여. 모든 아픔을 잘 관찰하면서, 시를 통해 의미를 찾으며 이 삶을 아름답게 가꾸어보자. 인생은 자신이 만드는 한 편의 드라마이기도 하니까.

시詩 치료 2

얼마 전, 언론보도를 통해 널리 알려진 사실이다. 이를 여기서 다시 좀 자세히 소개해보겠다. 일본의 100세 할머니가 시집을 출간했던 일에 대해서다. 1911년 부유한 집안의 외동딸로 태어난 시바타 도요. 열살 무렵 가세가 기울자 그녀는 학교를 그만두었다. 그 후 그녀는 음식점 등에서 허드렛일을 하며 더부살이를 했다. 20대에 결혼과 이혼의 아픔을 겪었다. 33세에 재혼해 외아들을 낳고 재봉일 등 부업을 해가며 소박하게 살아왔다. 1992년 남편과 사별한 후 20년 가까이 홀로 생활하고 있다. 남편과 사별한 뒤 살기가 너무 힘들어 자살하려는 마음도 여러 차례 품었다. 하지만 그 질곡의 인생을 헤쳐 가며, 그녀는 시를 간간이 써왔다. 금년에 용기를 내어, 자신의 장례비용으로 모아둔 100만 엔을 털어 첫 시집 『약해지지 마』를 출판. 이제 100만 부를 돌파하여 일본열도를 감동시키고 있다는 애

기다.

잘 알려진 그녀의 시 몇 편을 소개한다. "나, 죽고 싶다고/ 생각한 적이 몇 번이나 있었어// 하지만 시를 짓기 시작하고/ 많은 이들의 격려를 받아/ 지금은/ 우는소리 하지 않아// 아흔여덟에도/ 사랑은 하는 거야/ 꿈도 많아/ 구름도 타고 싶은걸"(「비밀」 전문). 다른 시다. "혼자 살겠다고/ 결정했을 때부터/ 강한 여성이 되었어// 참 많은 사람들이/ 손을 내밀어 주었지// 그리고 순수하게 기대는 것도 용기라는 걸 깨달았어// '난 불행해⋯⋯'/ 한숨을 쉬고 있는 당신에게도 아침은 반드시 찾아와// 틀림없이 아침 해가 비출 거야"(「아침은 올 거야」 전문). 「하늘」이라는 제목의 시다. "외로워지면/ 하늘을 올려다 본다/ 가족 같은 구름/ 지도 같은 구름/ 술래잡기에/ 한창인 구름도 있다/ 모두 어디로/ 흘러가는 걸까// 해 질 녘 붉게 물든 구름/ 깊은 밤하늘 가득한 별// 너도 하늘을 보는 여유를/ 가질 수 있기를"

100세 할머니의 이런 시들을 읽다 보면 동심으로 돌아간 기분이 든다. 워즈워드의 '어린이는 어른의 아버지'란 시구도 절로 떠오른다. 하나도 어려운 구절이 없다. 생활에서 겪었던 경험의 편린들이 꾸밈없고, 아름답게 그리고 무엇보다 지혜롭고, 사랑스럽게 표현되고 있다는 인상을 준다. 질박한 감성도 편안하게 다가온다. 아마 삶이 우울하거나 고달프다고 여겨지는 사람이 이런 유의 시를 읽을 라치면, 잠시나마 위안을 느껴봄 직하리라. 자살기도까지 여러 차례 겪었던 그 할머니 시인의 라이프 스토리까지 곁들여 읽다 보면, 누구든 역경을 이겨내며 다르게 살아갈 수도 있겠구나 하는 희망을 품을 수 있겠다. 생각건대, 이 할머니는 '현대 시'라는 무슨 형식에도 구애받지 않고, 혼자 침잠하며 떠오르는 대로 이렇게 써보고, 저렇게 다듬어보기도 하면서 작품을 하나씩 만들어 갔지 싶다. 초고령의 나이에도 창조적 상상력은 시들지 않나 보다. 자신 만큼이나 남을 배려하고 감싸려는 마음도 돋보인다. 제 마음을 표현하되 될수록 간략하고 선명한 이미지로 드러낸 게 편하고 좋다. 나는 그녀가 이런 글쓰기의 과정 자체에서 스스로 삶을 뒤돌아보게 했으며, 그때 그때의 마음을 정리하게 하는 큰 충전의 의미가 있었다고 보는 것이다. 그녀에게 시를 쓰고 다듬는 일, 그 자체로 스스로를 정화했던 셈이고 결과적으로 자가自家 시 치료를 했던 것으로 생각한다.

과연 시가 사람의 마음을 치유하는 기능이 있는가. 치유의 기능이 있다면 그것은 어떤 까닭에서인가. 시 치료라는 말은 1970년대부터 미국에서 본격 등장했다. 표현예술치료의 하나다. 물론 그 무렵엔 싸이코 드라마, 미술치료, 댄스요법, 원예치료란 말도 본격 도입됐던 시기이기도 했다. 시 치료 역시 다른 예술치료와 마찬가지로, 그 원리나 기원은 창작자(시인) 스스로가 시를 쓰는 가운데 치유적 효과가 있었음을 고백하는 데서 찾았으리라. 시 치료란 시에 대한 감상이 치료에 효과가 있다는 말이 아니다. 훌륭한 시 작품을 단지 감상하는 것만으로는 일시적인 기분의 전환이나 환기가 있을 뿐이다. 시

치료는 시 자체의 직접적인 효과보다는, 시를 매개로 하여, 즉 시가 속마음을 움직이게 하는 촉매제 역할을 한다는 데에 그 의미를 크게 둔다. 그러니까 시 치료사poetry therapist는 시를 포함, 문학 전반에 깊은 조예가 있어야겠고, 인간 심리에도 눈이 밝아야 한다. 시 치료란 마음을 쉽게 열어놓기 어려운 사람에게 시를 활용해서, 또 시어의 상징적 표현을 통해서 자유로운 정신적 활동을 촉진케 한다는 것이다. 다시 말해 마음속 깊은 곳에 억압되거나 왜곡된 기억들을 의식으로 드러나게 하여 종국에는 해방된 기분을 느끼게 해준다는 원리다.

시 치료에 참여하는 사람은 시를 잘 쓰거나, 못쓰거나 하는 일은 전혀 문제가 안 된다. 시의 형식 같은 것도 구애받을 필요가 없다. 나름대로 상징화된 표현을 하든, 꿈처럼 말이 안 되는 기괴한 표현을 하든, 유치한 표현을 늘어놓든, 그런 것들은 하등 중요하지 않다. 어떤 식이든 자의식에서 표현이 되면, 그건 바로 나를 바라보는 거울로 비치기 마련인 것이고, 그 의미는 대화를 통해 충분히 나눌 수 있다.

시 치료에도 몇 가지 방식이 있다. 먼저 수용적 모델이다. 시를 함께 읽고 공감하는 분위기를 만든다. 그 가운데 서로 각자의 삶과 기억이 투사된다. 시를 통해 지난 과거의 추억이나 아픔 같은 게 어렴풋하게 끌어 올려질 수 있다. 시를 감상한 후에 그 얘기를 함께 나누다 보면, 점차 자기 문제로 화제가 돌려지게 마련이다. 그럼 자연스럽게 얼어붙었던 마음도 열리게 된다. 물론 전문 문학(시)치료사가 개입이 되는 조건이다. 이런 상황에서 치료사는 조심스럽고, 주의 깊은 관심을 두고 대화에 개입한다.

어떤 주제를 갖고 시를 쓰는 것도 하나의 방법이다. 각자가 쓴 시를 놓고 그 해석이랄까, 그 표현의 동기 등을 스스로 말하고 서로 의견을 교환하는 프로그램이다. 감정의 토로도 이루어진다. 역시 이를 통해 제 속마음을 스스로 알아차리게 하는 것이다. 시 치료는 참여자가 이처럼 여럿이서 함께하는 그룹토론이 낫다는 의견이다. 시간도 절약되는 효과도 있어서다. 참여자 가운데는 수동적이거나 대화에 저항이 강해 속마음을 열어놓기 어려워하는 사람도 있다. 어떤 사람은 다른 참여자의 반응을 살펴보면서 자신을 표현하는 데 있어 그 요령이랄까, 자신감을 배울 기회도 가질 수 있다. 시 치료에서 어떤 경우엔 공동창작의 시간을 갖기도 한다. 여럿이서 어떤 주제를 놓고 함께 창작한 것이다. 이런 경험은 자신의 인지 경험이나 타인의 인지 경험을 비교하고 검토해보면서 스스로를 되돌아보게 하는 의미를 제공해 준다.

사람은 누구나 '나는 무엇(누구)인가' 라는 의문을 갖고 산다. 이것은 근본적인 실존의 문제요, 심리의 문제요, 철학의 문제이기도 하다. 삶과 죽음, 영혼이나 의식의 문제와도 깊은 관련이 있는 질문이다. 쉽게 말해 그것은 '머리'의 문제기도 하고 '가슴'의 문제이기도 한 것이다. 그러나 우리는 이런 실존의 문제를 언어를 통해서 궁구하고 이해할 수밖에 없다. 시적 언어의 표현은 그런 문제의 이면에 잠재된 의식이나 갈등을 소프트하게, 상징적으로 또는 직접적으로 드러나게끔 한다.

시 치료의 핵심적 가치는 궁극적으로 자신을 표현하는 가운데 자의적으로 카타르시스를 하면서, 사고의 유연성, 표현의 재미, 유머, 비유나 상징을 통한 알아차림, 정서에 풍부함 같은 것을 느낄 수 있게 하는 것이니, 이러한 미적 가치의 재발견으로 자신과 세상에 대한 새로운 안목과 이해를 더 하게 함이다.

독서 치료의 한 분야인 시 치료라는 것. 외국에선 비행청소년, 재소자, 자살이나 우울을 겪는 사람들에게 보조적 치료의 한 방도로 널리 행해진다고 한다. 사회 일반의 정신건강의 증진은 물론 청소년 자살이나 범죄의 예방 의미 차원에서도 이 분야가 앞으로 더욱더 활성화되기를 바라는 마음이다.

자전自轉 시네마 명상

오래전 〈시네마 천국〉이란 영화를 봤던 기억이다. 주인공, 어린
꼬마가 동네 극장의 영사기를 돌리던 아저씨를 만나 끈끈한 교류가
이뤄진다. 유년시절 호기심 어린 천진한 눈으로 바라보며 겪었던 아
슬아슬하고 흥미로웠던 일들. 그는 나중에 어릴 적부터 바라마지 않
던 영화감독이 되어 감회어린 제 고향을 방문하여 지난 일을 회고해
본다. 알다시피 인생을 압축해 그려놓은 자서전 성격의 영화다. 눈
시울을 잠시 적시게 한 그 영화의 마지막 장면이 잊혀지지 않는다.

어느 영화를 보았든, 시간이 한참 지나다 보면 대부분 까맣게 잊
히고 만다. 한데 최근 나는 잠 아니 오는 어느 날 밤 문득 그 영화가
머릿속에 떠올랐다. 그리고 만일 내 인생을 그처럼 영화로 압축해
드러내면 어떠한 모습으로 보일까, 하는 생각이 스쳐 지나갔다.

하릴없이 소파에 누워, 짧지 않은 내 생애를 먼저 주마간산 식으

로 둘러보았다. 지나온 삶이 한갓 허깨비처럼 산 것만 같아 보였다. 어린 시절이라 봐야, 개구쟁이처럼 이 골목, 저 골목 돌아다니며 장난치던 기억뿐. 공부에도 별 취미가 없었고 특별히 추억될 만한 것도 없는 것 같다. 나이가 드니 옛 동무들 모습이나 함께 놀았던 추억도 갈수록 더 희미해져 가고 있다. 지금에 보면 학창시절엔 무얼 바라 살았는지도 솔직히 잘 모르겠다. 지난 시절 행복하게 지냈던 시절이 없진 않겠지만, 추억 속의 행복이나 불행들도 이젠 그저 평평하게만 보이는 것이다. 지난 삶이란 것이 먼바다 위 해무처럼 아련하고, 아득한 것으로서 비치는 것이다. 시간이란 무엇인가. 과거가 꿈만 같다면 미래의 삶 또한 결국엔 그와 같은 모양으로 남게 되는 것 아니겠는가. 그렇다면 인간은 어느 때, 어느 곳에 있더라도 오직 현재만이 간신히 깨어 있는 삶을 살고 있을 뿐인 것이다.

　이런저런 상념들이 지나간다. 청년시절 어느 때 나는 높푸른 하늘 속에 안겨 흘러가는 흰 구름을 바라보며, '영원'한 행복이나 사랑 같은 것을 꿈꿔보기도 했다. 하나 살아갈수록 맴도는 건 육욕에의 집착, 성공에 대한 불안한 기대감으로 우울하게 보냈던 나날뿐이었다. 그래도 성장 과정에선 누구나 어떤 이상을 향한 마음을 품고 있긴 하다. 그러나 나이 들다 보면 어느새 그것은 '현실'이라는 이름의 시장에서, 욕망의 타협으로 어렵지 않은 승화를 하게 된다. 그렇지 않은 경우라면 대부분은 세파에 찌들어 버린 '영악한 사람'으로의 전락이다.

역시 세상에 유포되던 '진실'이라 했던 것들도 환幻임을 뒤늦게 알아차리게 된다. 예컨대 스스로 화석화시킨 신神에게 의지했던 일, 우상 숭배의 대리자인 권력이나 돈에 그 희망의 가능성을 걸고 살았던 일, 가족이나 인간관계에서 무슨 '사랑'의 이름을 둘러대며, 사랑하는 것처럼 살았던 일 같은 것 말이다. 통상 우리는 무지한 생각에 고집을 피우거나 집착을 하기도 하고, 아무런 비판 의식도 없이 사회적 관념들에 타성처럼 젖어 지내는 게 일상화가 돼버렸다. 뭐, 그렇고, 그런 게 우리 사는 세상의 모습들이다. 그렇고 그런, 비루하고 빤한 개인적 욕구를 충족시켜 가며 살아가는 것이 우리가 말하는 소위 '정상적인 삶'이 아니던가!

나라고 해서 특별히 다른 건 없을 터. 비록 시인이나 의사의 신분이지만 내 존재의 위치성 역시 거기가, 거기다.

해서 나 같은 사람은 '내가 제작하고, 연출하고, 출연한 내 삶에 관한' 자서전 성격의 영화 같은 것은 비록 그 관객이 나 혼자일지언정, 더 이상 그 필름을 돌려볼 필요가 없겠다는 생각에 이른다. 아하, 다시 생각느니, 〈시네마 천국〉의 그 내용도 필경 어느 것은 사실 별것도 아닌 걸 갖고 별난 의미가 있는 것으로 포장했겠고, 어느 건 낭만적으로 예쁘게 덧칠도 했으리라.

하나 그렇기는 해도 나는 그 누구든 한두 번쯤은 제가 살아왔던 인생을, 영화처럼 돌려 보시기를 바란다. 그 필름 돌릴 때 대충대충 돌리지 마시고. 그 시절 어느 무대에서 느꼈던 그 감정과 생각을 잘 관찰하면서, 또 자신이 어떤 역을 맡아 했는지, 멀리 떨어져 바라보는 심정으로 음미하며 그 필름 돌려보시라. 영화감독들은 연출을 함에 배우의 말보다는 그 행동 또는 감정의 표현을 더 중요시한다. 마찬가지다. 자기가 올렸던 그 무대에서 그 역할을 제대로 잘 묘사한다면 더없이 훌륭한 '작품'이 될 수 있다.

자기가 살아왔던 시절의 경험들을 되돌아보게 하는, 자전自轉 시네마. 이 역시 하나의 명상이 아닐 수 없다. 이 삶에 그 누군들 분노, 그리움, 슬픔, 억울함, 부러움 같은 게 없었을 손가. 하나 자전 시네마를 한두 번 잘 돌릴 것 같으면 회한의 새로운 경험을 거치면서, 반성과 참회의 눈물을 흘릴 수도 있겠다. 종국엔 어떤 긍정, 포용, 용서, 사랑 같은 감정들이 밀물져 다가옴을 느끼게 된다. 그 옛날 내 흉금을 조용히 울리게 한, 영화 〈시네마 천국〉의 마지막 장면처럼 말이다.

심신의학에 대한 관심이 필요하다

　요즘 주류 의학의 추세를 보면, (관찰)가능한 증상들은 모두(신체적) 구조적 이상異狀으로 설명할 수 있다는 신념이 대세다. 20세기 중반까지 의학계에서는 심리적 원인이 신체의 물리적 변화에 큰 영향을 끼칠 수 있다는 개념, 곧 심신장애Psychosomatic가 존재한다는 개념이 널리 인식되었다. 그러나 심신 장애의 개념은 갈수록 희박해져 가고 있다. 정형외과, 신경외과, 신경과, 재활의학의 영역에서는 첨단 영상기기의 개발 덕에, 환자가 호소하는 통증이라면 그 신체 내 그 구조적 이상을 찾을 수 있다는 믿음이 더욱 커졌다. 또 자신들이 전공한 접근법을 토대로 한, 진단의 '집착'도 그만큼 강해진 인상이다. 잘못됐다는 뜻은 아니다. 앞으로도 첨단 장비의 개발, 질병에 대한 새로운 체내 화학적 이상의 발견 등으로 질병에 대한 새로운 원인 규명이나 인과 관계가 밝혀질 터이니, 크게 보아 바람직한 방향일 터다. 사실 의학 연구는 지난 수십 년 사이 엄청난 진보가 있었다. 더욱더 실험실 지향적이 되었다. 인간의 생리나 화학 반응이 기계적인 물리적 법칙만을 따르는 것이 아님에도, 그 방향으로 지속적으로 연구가 진행되었다. 하나 알다시피 제반 연구의 긍정적 결과가 지금까지 쏟아져 나오고 있음에도, 또 아무리 정확한 연구 결과가 나왔다 하더라도, 그 분명한 한계가 있음 역시 주지하는 바다

예컨대 동물 실험에서 무슨 제재가 항암 효과가 뚜렷하다 해도, 인체 내에서의 그 효과는 미지수인 경우가 많다. 또 설령 인체 내 어떤 생리·화학 변화가 주목되더라도, 그것의 장기적 사용에 따른 예상치 못한 부작용도 우리는 흔히 목도한다. 이 때문에 실험실에서나 인체 내에서 생리·화학적으로 일정 어떤 결과가 도출되었다 해도 그 병의 원인을 충분히 알아냈다고 보기 어렵다. 의학의 역사를 간단히 되돌아보더라도 새로운 질병의 여러 원인이 밝혀지기 전까지 얼마나 많은 오진을 해왔던가를 우리는 충분히 짐작한다.

첨단 장비로 질환의 원인을 알아보는데 있어서도 이와 관련 요즘의 상황에도 비슷한 문제다. 그 한계가 있다는 점이다. MRI 같은 경이로운 새 진단 도구들이 나오고 있지만, 역설적으로 이것으로 인해 자주 오진을 우려하는 목소리도 적지 않다. MRI 검사 결과 역시 그 의미를 잘못 해석할 가능성도 있어서다. 다시 말해 MRI에서 나타난 이상 징후와 환자의 증상 내용과의 상관관계에서 그 해석의 오류 가능성이다. 아마 대표적 사례는 역시 척추(등)부위 통증을 호소하는

경우일 것이다. 등통 호소를 과연 MRI 소견과 일치시켜, 해석될 수 있겠냐. 통증이 없는 사람에게서도, 수술을 요했던 환자만큼(MRI 소견에서) 이상 징후가 많았던 것은 어떻게 설명해야 하는가. 등통 관련 수술 남용의 문제를 제시하는 연구도 적지 않다. 뿐더러 수술이 필요할 만큼 통증이 심했거나 수술 후 통증의 재발이 있을 경우 심리요법을 통해 증상의 완치가 된 사례들도 여러 문헌에서 입증되고 있다.(사노 박사의 책, 「통증 치료 혁명」―필자 역)

사실 임상 경험으로 자가 면역 질환이나 심혈관 질환, 심지어는 암과 같은 심각한 장애, 또 이의 치유과정에서도 심리적 요인이 적지 않게 미칠 수 있다. 각종 질환과 심리적 요인과의 인과 관계를 예시한 증례들도 이제껏 여러 문헌에 즐비하다.

그러나 요즘 주류 의학에선 이런 증거에 별 주목을 하지 않고 있다. 미국도 그러하고, 우리 역시 그런 경향이다. 미국 국립 보건원(NIH)에선 질병의 심인성과의 인과 관계에 대한 분야에 대해 아예 무관심한 쪽이라 한다. 사려 깊은 의사라면, 임상에서 흔히 정서적 요인(스트레스 포함)이 분명 질병의 발생이나 악화, 위험 요인으로 충분히 인지되고 있음을 안다. 이 때문에 반드시 심신의학 분야의 연구가 더욱더 여러 측면에서 연구되어야 함에도 그렇지 못한 것이 현실이다.

이러한 성향은 뇌 과학 쪽에도 비슷하게 기울어지고 있다. 최근 과학적 의학의 대세는 뇌기능의 분자 생물학적 규명, 뇌의 화학적 변화 연구에 목을 매고 있다. 물론 기능성 MRI(f MRI) 같은 뇌 영상 기기의 발달로, 뇌 질환 관련, 이의 원인 탐구에 많은 발전이 이뤄진 것 또한 사실이다. 하나 이런 덕에 질병에 대한 기계적 · 물리적 함수관계로 원인 규명에 치우치다 보니, 전체로서의 신체와의 역동적인 관계에 대한 연구는 소홀해지지 않았나 하는 우려의 목소리가 들린다.(나노 박사의 책, divided mind-body에서도 강조됨)

앞으로 뇌 과학의 연구에서 더욱더 커다란 진척이 예상된다. 하지만 과연 물리적 뇌에 관한 지식이 임상의학과 무관하거나 오히려 해가 될 수도 있지 않나 하는 점도 충분히 검토해야 하지 않나 싶다. 예를 들면, 오늘날 우울증과 관련된 뇌내 화학적 이상은 약물로 치료함이 타당하다는 것이 보편적 경향이다. 알다시피 우울증은 무의식의 심리적 갈등이 주된 원인이다. 하나 뇌 MRI 결과 우울증의 뇌내 화학적 변화가 제시된다. 따라서 우울증 원인의 물리적(환원론적) 해석이 유용하므로 약물치료가 마땅하다는 뜻이다. 맞는 말이다. 그러나 그 화학적 변화란 사실 우울증을 일으키는 메커니즘에 불과하다. 오랜 임상 경험을 겪은 전문 정신과 의사들은 숙지하고 있다. 우울증을 정신 요법 없이 약물만으로 치료하는 것은 바람직하지 않다는 사실을. 요컨대 첨단 장비의 발달로 인해 질병의 규명에 발전이 있다 하더라도, 물질적 상관관계(환원론적 해석)로 직접적인 인과 관계를 설정하여 단순 처방에 의지한다는 것은 질병 치료에서 오히려 심각한 장애가 될 수도 있다는 의견이다.

아니, 그보다 엄밀히 말하자면 신경과학적 이상 소견이 나왔다 하더라도, 그것은 일부 임상의학 분야와는 전적으로 무관할 수도 있다. 예컨대 우울증의 심리적 원인으로 어떤 분노가 가정된다고 하자. 어느 환자가 분노를 표현하고 있을 때 양전자 방출 단층촬영(PET) 검사로 분노가 작동하는 뇌의 어느 부위를 확인할 수 있다 가정한다. 그러면 그렇다고 그것이 과연 그 환자의 분노 원천을 알아내는 데 도움이 되었다고 볼 수 있겠냐 이다. 다시 말해 그런 이상소견이 분노를 치유하는데 무슨 도움이 될 수 있느냐, 하는 물음의 제기다. 검사 결과야 흥미롭지만 문제 행동 환자를 돕고자 할 때 이는 어떤 도움도 되지 않는다.

다른 예다. 로버트 M.새폴스키 신경학 교수가 『사이언스』지에 발표한 내용이다. 뉴질랜드의 3세 아동 천여 명을 청년이 될 때까지 추적한 연구 결과다.(Prospective study) 이들 연구에서 그는 우울증의 발생률을 확인하게 되었고, 연구 집단 중 일부가 5-HITT로 알려진 세로토닌 조절유전자를 지니고 있다는 사실에 주목했다. 세로토닌이 우울증에 미치는 영향은 프로작과 같이 널리 사용되고 있는 약물로 인해 잘 알려졌다. 연구자들은 세로토닌 유전자 변이체 2개와 우울증 발생률의 상관관계를 조사해서, 그 유전자를 물려받은 사람만이 우울증 위험이 증가한다는 사실을 알아냈다. 하지만 '나쁜' 그 유전자를 물려받았어도 큰 스트레스를 겪지 않는 사람에게서는 우울증이 생기지 않았다. 저자는 거기서 이렇게 썼다. "우리 모두 유전자와 사이좋게 상호작용을 하는 환경을 창조할 책임이 있다"

그 연구의 결과가 고작 이뿐이다. 생물학적 · 유전적 결함이 있다 하더라도, 결국 그런 것은 치료에 참고 사항일 뿐, 질병 발생의 주된 이유가 못 된다는 뜻이다. 위와 같은 예시는 비단 우울증의 경우에만 해당하는 설명이 아니다. 여러 두통 질환, 일부 고혈압, 긴장 근육염 증후군, 류마티즘 병, 심혈관 질환 등 그 질병의 발생과 치료과정에 있어서도 대동소이한 가정이 가능하다. 물론 이와 관련된 증례들은 이미 문헌에 상당 널려있다. 요컨대, 요즘 주류 의학에서 추구하는바, 첨단 진단장비에 너무 치중해, 즉 이런 수치의 정밀함과 검사결과에 따른 예측에 너무 기댄 결과, 질환이라고 하는 복잡한 객체를 풍성하게 해석하고 다루는 기술이 부족하다는 지적이다.

현대의 의학은 질환의 복잡다단한 실상을 다루기를 거부하는 경향이 많다. 신체와 심리와의 관계, 전체적인 관점에서의 질병에 대한 이해를 폐기해 버리려는 경향이다. 복잡한 심리 현상보다는 기계적이고 측정 가능한 화학적 실상만을 다루려고 해서다. 우울증은 물론 두통이나 여러 신체 통증의 그 원인에 대해 첨단 영상 장비의 도움으로 얼마간 밝혀졌다 하더라도, 역으로 사람의 감정변화가 화학적, 물리적 증상을 새롭게 변화시켜 증상을 완화할 수 있다는 관점에 대해서는 알려고도 하지 않는다. 단지 질환이나 통증의 화학적 · 물리적 메커니즘을 알고 있다고 자신하며, 그 화학을 다룸으로써(약물치료), 증상을 바로 잡을 수 있다는 생각은 다소 위험스럽기까지

하다고 볼 수 있다. 사실 또 그런 의도의 치료란 설령 증상을 얼마간 개선할 수 있다 해도 제대로 치료한 것이라 보기 어렵다. 환자들에게서 겪는바, 그것은 증상의 부분적 완화나, 증상의 재발, 다른 증상으로의 전환 등으로 나타나는 것으로 우리는 흔히 알아챌 수 있어서다.

　새로운 검사도구의 발전으로 고가의 치료가 날로 늘어나고 있는 세상이다. 올바른 판단을 하고 객관적인 입장에서 계몽을 주도해야 하는 의료인으로서, 심신의학에 대한 새로운 관심이 요구된다. 과다하게 첨단 진단장비나 검사에만 의존해서, 진료를 하는 것에 대한 반성도 필요하다 봄이다. 심신의학에 대한 관심이나 탐구의지는 진료에서 일정 도덕적 책임도 짊어진다는 의미도 있다 하겠다. 심신의학이 정신과 영역만의 일은 아니다. 타 분야 의사도 얼마든 이 분야 지식공부에 시간을 할애하면 얼마든 이해할 수 있다. 미국의 저명 심신의학자인 나노 박사도 가정 의학이 전공이었다.

주인 마음을 따르는 뇌^腦

아마조네스 여전사 같은 우람한 덩치에 나이는 50대 초반. 짙은 화장에 가려져 있긴 하나 본 얼굴 모습은 수심에 가득 차 있다. 십여 년 전 좌골신경통을 얻은 뒤 그녀는 아직도 허리통증이 잦다. 그간 외판사원으로 열심히 뛰었지만 오히려 체중은 더 불었다. 목통증까지 병발했다. 요즘은 머리 전체가 울리는 듯한 두통 때문에 아무 일도 못한다. 한방병원을 갔더니 허혈성뇌질환이 의심된다는 말을 들었다. 놀랬다. 입원해서 침도 맞고 한약도 먹고 해봤지만 별 차도가 없다. 다시 대학병원을 가봤다. 뇌 MRI는 정상인데 목뼈 주위에 약간 디스크 소견이다. 두통 원인에 대한 명확한 소견은 못 들었다. 진통제를 먹어봤지만 그때뿐. 지금까지 두통 재발의 반복이다.

자세한 문진을 해봤다. 그녀는 어려서 집안 형편 때문에 공부를 제대로 못 했다. 남편과는 성격차로 냉랭한 분위기가 여전하다. 그래도 애들을 위해 정말로 열심히 살았단다. 완벽주의적, 강박적 성격이 농후했다. 훌륭한 엄마가 되려, 내심 압박감도 많이 느껴왔다. 좀 더 알아보니 남편에 대한 억압된 분노 외에 뒷바라지까지 해줬지만 실망시킨 남동생에 대한 분노, 그간 무거운 책임감만 짊어지고 살았던 한恨도 서려 있다. 그럼에도 이제껏 착하게 살아왔다고 자부한다. 누가 보더라도 늘 결점이 드러나지 않는 사람으로 남고 싶었다.

사례의 요체는 그렇다. 모든 통증은 그 자신의 무의식적 갈등과 아주 밀접한 관련이 있다. 억압된 분노 같은 부정적 감정은 능히 신체 통증으로 표현된다. 완벽주의나 선행주의를 내세우는 마음의 이면에는 간혹 그처럼 억압된 분노들의 오랜 축적이 발견된다. 그녀의 무의식 저수지에선 어느 날 그 축적의 한계를 느낀다. 그러나 마음의 주인은 언제나처럼 선행과 완벽을 고집하기에, 뇌(기능)는 그에 따라 작동한다. 곧 분노나 아픔들이 의식 밖으로 튀어나오는 것을 마음 주인이 원치 않기에, 뇌는 신체기관 중 만만한 곳을 찾아 통증을 일으키는 작전을 쓴다. 몸으로 아픈 게 차라리 낫다는 전략이다. 그렇다. 뇌는 마음 괴로움을 (신체)통증에 대한 괴로움으로 대체시키는, 그런 속임수 전략에 원래 아주 익숙해져 있다. 마음 아픔을 느끼는 게 그만큼 힘들고 위험도 커서인 까닭이다.

한편 통증은 통증을 통해, 나를 구원해 달라는 마음의 표현이기도 한 것이다. 진통제 등은 그때 부분적 도움이 된다. 구원해 달라는 그 외침에 대한 의사醫師의 적극적 호응을 흔히 우리는 치료라 부른다.

통증이란 뇌의 증상 필요성에 따라나온 현상이다. 해서 시간을 갖고, 누구든 마음속의 숨겨진 고통도 찬찬히 들여다보고, 이를 충분히 알아차려야 한다. 통증이 웬만하면 무시해 보는 의지도 때론 필요하다. 마음 주인이 그런 순수한 대결 의지, 그러니까 부정적 마음을 직접 대면하고 충분히 이를 알아차리는 자세가 줄곧 선행되면, 뇌는 통증유발 전략을 포기하게 된다. 다른 말로 고통의 의식화다. 이때 기적처럼 통증의 완화가 일어나기도 한다. 기도를 통한 진정 참회의 경험으로, 고통과 통증에서 벗어나는 경우가 있는데, 역시 이런 이치에 맞닿아서다. 통증이 유행병처럼 늘어난 요즘 세상. 통증도 인생에서 대단히 의미 있는 메시지를 전해줄 수 있다는 뜻에서였다.

간디의 건강철학

마하마트 간디가 나름대로 연구했던 '건강법'은 간디가 이를 몸소 실천하고, 주위 사람들을 통해 검증한 경험들을 통해서 확신했던 바다. 물론 거기에는 전래의 전통 의료, 그 시대의 영양, 위생, 의학에 대한 지식도 섭렵했던 결과다. 간디의 '건강법'의 요체는 대략 이러하다.

1) 맑은 공기, 깨끗한 물, 좋은 물이 다른 무엇보다 선결 과제다.

2) 자연의 법칙에 어울리는 삶이라야 한다. 자연은 인간이든 짐승이나, 새든 간에 모든 창조물이 살아가는 데 필요한 만큼의 먹이를 제공해왔다. 이것이 자연의 영원한 법칙. 자연의 제국 속에서는 그무엇도 정지해 있지 않고, 스스로의 의무를 잊지 않으며, 게으름을 좋아하지 않는다. 그리고 인간으로서 단지 미각을 즐겁게 하려는 음식을 먹는 한, 우리의 건강은 나빠질 수밖에 없다. 그래서 필요 이상

으로 먹는 모든 음식은 가난한 사람의 위장에서 훔쳐온 것이라는 결론까지 내리고 있다.

3) 자연의 맛과 영양을 알아야 한다. 모든 쌀과 밀가루는 도정을 하는 가운데 대부분 주요 영양분이 빠져나가 버린다. 해서 통밀이나 현미 등을 먹어야 한다고 강조한다. 이런 분석은 당시 영국의 영양학자나 유명 의사들의 소견을 반영했던 것으로 보인다.

4) 차나 고기 대신 우유나 버터를 선호하라. 커피는 습관성이 있어 계속 자주 마시지 않으면 맥이 빠지고 기운이 없어진다. 아마 간디는 그 시절 육식의 해로움을 경험적으로 간파했던 것 같다. 그래서 단백질의 보충원으로 우유나 버터의 영양성분을 보고 육식의 대체 식품으로 이를 추천한 것 같다.

차나 커피는 카페인 성분이 있어, 각성 효과가 있고 과용하면 습관성 있음을 알아 그리 강조했던 것이다. 그러나 요즘의 의학에서는 차(특히 녹차)를 건강식품의 으뜸으로 여기고 있으니 그 이해의 차이가 있다.

5) 술과 마약, 담배는 매춘보다 나쁘다.

6) 밥상은 소박하게 해야 한다. 사람의 신체 구조를 깊게 살펴보면, 육류를 먹는 게 자연스러운 일이 아님을 알 수 있다. 육류는 치아를 썩게 하고, 관절염을 일으킨다. 또한 분노 같은 나쁜 정념을 유발하기도 한다. 해서 간디는 채식 식이 요법만으로도 얼마든지 건강하게 살 수 있다고 주장한다. 그가 영국 유학 시 채식주의 동호회에

입회하여 얻었던 경험, 채식주의자의 철학에 많은 동감을 얻었던 결과이다. 육식을 많이 할수록 사람이 공격적이 되고 정서가 불안정해진다. 채식주의를 선호하면, 마음도 평안해지는 결과도 얻을 수 있을 것이다. 마음을 수련하고 단련시키려는 사람은 당연히 채식을 해야 한다. 육식은 그 근본에서 살생하는 마음이 뒤따르기에 마음을 닦는 사람의 도리에도 맞지 않는 것이다. 아울러 인도인들의 형편상 채식은 경제적인 면에서도 큰 도움이 된다.

7) 될 수 있는 한 생식 식이요법을 권한다. 불기운을 담지 않은 음식에는 자연의 생명력이 그대로 살아있다. 불은 일부 비타민을 파괴하고, 주요 미네랄도 파괴할 수 있어서다.

몸에 해로운 백설탕을 먹어서도 안 된다. 당분은 건포도, 무화과, 대추야자 등으로 섭취하는 게 가장 이상적이다. 이것들 모두는 물론 적당히 섭취해야 한다. 불에 익히고, 갖은 양념을 넣고, 인공 감미료를 섞는 등의 조리는 우리의 몸과 자연에 대한 무지에서 오는 소치다. 몸을 신神의 성전이 아니라, 도락의 수단으로 사용하면서, 그 도락을 증가시키려는 의도에서 나온 것이다. 이런 조리 방식의 오용, 남용은 결국 질병을 유발할 것이고, 그로 인해 병이 생기면, 또 의사에게 달려가는데, 이를 부끄러워하지 않는 게 가장 큰 문제라 지적한다.

간디의 생식 요법은 스스로 그 방법이 아직은 실험단계라 했다. 그러나 그는 그런 철학을 갖고, 많은 환자에게 실험을 하여 과일이나 채식 요법만으로도 수많은 환자를 회복시켰다고 진술하고 있다. 생과일과 생야채는 몸을 산성에서 알칼리로 바꿔준다는 신념을 그 당시에도 간디는 알고 있었고, 몸의 산성화는 모든 질병의 원인이 될 수 있음을 알았던 것 같다.

8) 소식小食, 그리고 간헐적으로 단식을 해야 한다. 간디는 필요한 만큼의 최소한 식사(소식), 그리고 잘 통제된 단식은 몸에 이롭다는 신념이 있었다. 단식을 통해 몸의 수많은 더러움을 제거할 수 있기 때문이었다. 낮에는 일하고 밤에는 잠을 자 휴식을 취하듯, 소화기관도 가끔 휴식을 취해야 한다는 논리다. 단식은 육체적인 도움도 되나 단식하는 동안의 일광욕, 공기욕도, 목욕만큼 훌륭한 정화제라는 사실이다. 단식하면서 창조주(신)에 대해 그리고 신과 자신과의 관계를 명상하면, 그 가운데 생각지도 못했던 자신에 대한 발견을 하게 된다고 한다. 단식에는 절제 정신과 여러 주의 사항이 따르기도 한다. 변비, 소화장애, 두통, 류마티즘, 통풍, 심리적으로 불안정한 사람에게 단식이 특히 효과가 있다고 보았다,

9) 마지막으로 몸과 마음을 함께 살리는 운동의 중요성이다. 걷는 것의 효용에 대해 간디는 미국작가 헨리 소로우의 영향을 받은 듯하다. 적어도 일주일에 한 번 이상은 10마일 정도 걸어야 한다. 물론 신선한 공기를 마시며, 자연을 감상할 수 있는 숲이나 들판으로 나가야 한다. 요가와 같은 호흡훈련, 맨발로 걷기, 옷은 간소하고, 간편하게 입으면 된다. 그 외 간혹 묵언默言하는 습관을 갖는 게 마음

을 가볍게 해주고 생각을 정리해 준다. 시간이 날 때마다 명상을 하여 초연한 마음을 갖도록 하자. 이 같은 정신 운동은 결국 자기 통제력을 회복하기 위한 훈련인 것이다. 동시에 자아실현을 획득하기 위한 과정이기도 하다. 그런 정신 훈련 과정을 받다가, 설령 수명이 짧아진다 하더라도 개의할 필요가 없다. 건강과 장수는 자기 통제가 가져다주는 열매 중에 하잘 것 없는 것에 불과해서다.

그리하여 간디는 한 과격 힌두교도에 의해 암살당하기 전에도, 그런 마음의 준비로 이미 죽음에 초연했던 것으로도 보인다.

세포의 기억

장기이식 수술을 받은 일부 환자들 가운데, 괴이한 경험을 했다는 보고들이 있다. 장기 기부를 한 사람이 누구인지도 모르는 상태에서, 그들이 기증자의 기억 속에 끌려 들어가는 경험을 하는 경우다. 사람의 체내에 다른 사람의 신체조직이 이식되면, 그 사람 특징의 일부가 나타나기 시작한다는 것이다. 한 번은 심장 이식 수술을 받은 어떤 여성이 잠을 자다 깨어났는데, 갑자기 맥주와 통닭이 먹고 싶은 생각이 굴뚝같이 일어났다. 그녀는 깜짝 놀랐다. 전엔 그런 것을 먹고 싶다는 생각이 한 번도 없었기 때문이다. 그리고 티미라는 젊은 남자가 나타나는 이상한 꿈을 꾸기 시작했다. 하도 기이해서 그녀는 교통사고로 병원에서 죽은 심장 기증자의 신상을 조사해 봤다. 그녀가 그의 가족을 만나 본 결과, 교통사고로 죽은 사람이 티미라는 이름의 청년이라는 사실이 밝혀졌다. 그가 맥주를 즐겼고,

맥도날드에서 돌아오는 길에 사고를 당했다는 사실을 알고 그녀는 깜짝 놀랐다. 미국의 베스트셀러 작가이자 의사인 쵸프라 박사의 책에 나온 내용이다. 그는 이런 사례가 적지 않게 보고된다고 했다. 일전에 모 주간지에서도 나는 이와 유사한 경험을 보고한 기사를 본 적이 있다. 궁금했다. 초자연적인 현상이라 과학적으로 달리 설명할 방법이 없어보였다. 이는 빙의 현상이랄 수도 없다. 히스테리성이나 정신적 해리 현상도 분명 아니다. 그러던 중 나는 그럴듯한 실존적 가설을 하나 내심 걱정하게 되었다. 우리 인간의 '신체'라는 것은, 그가 겪은 삶의 '경험'이 육체적 표현으로 변형된 것이라는 사실이다. 경험의 육화가 곧 지금의 육체라는 뜻이다. 그 육화란, 뇌세포뿐 아니라, 몸의 전반적 세포에까지 다 영향을 미친다. 그래서 다른 사람의 세포를 이식받으면, 그의 기억도 받는 것이 된다. 현대 의학으로는 황당한 소리 같다. 하나 아주 틀린 가설은 아닌 듯 싶다. 그런 사례를 달리 설명할 방도도 없어서인 까닭도 있어서다.

일자리를 잃어 실의에 빠진 사람은 자신의 몸 구석구석으로 그 슬픔을 투사한다. 슬픔과 좌절에 빠지면, 뇌에서 신경전달문질의 분비가 떨어진다. 그 여파로 불면증이 생기고, 각종 장기에도 나쁜 영향이 미친다. 슬픔이 육체적으로도 '현실화' 되는 것이다. 여기까지는 현대의학으로 충분히 규명된다. 그런데 기억까지라니?

인도의 힌두교, 불교나 명상 수련에서는 수천 년 전부터 이미 그런 현상을 당연한 이치로 받아들여 왔던 것 같다. 현재까지의 살아왔던 기억뿐 아니라, 윤회를 가정한다면, 전생의 기억까지도 뇌뿐 아니라, 각종 장기세포에도 기억이 입력돼 있다는 입장이다. 비록 세포가 생명을 거듭한다 하더라도 생래적으로 남게 되어 있다. 경험의 본질이 변하지 않는 한, 역시 '육화'의 변화도 없다. 해서 경험의 본질적 변화가 생기면, 거꾸로 신체나 신체의 기억도 얼마든 변화시킬 수 있다고 한다. 그리보면, 인도에서 혀나, 피부에 날카로운 것을 꽂고도 피가 안 나고, 고통도 못 느끼는 불가해한 현상도 같은 맥락으로 이해될 수 있겠다. 신비롭기도 하나, 생명에 대한 외경심도 들게 한다. 언젠가는 인간의 '의식'에 대한 새로운 차원의 연구가 있으리라. 양자 물리학이나 나노의학이 그런 영역에 접근해 나갈런지도 모를 일이다.

존엄사 재고再考

작년 세브란스 병원에 식물인간 상태 환자 김모 씨의 사례로 큰 사회적 이슈가 된 적이 있었다. 존엄사 관련 논란이었다. 이 문제로 의료계와 법조계 간의 의견차가 큰 것으로 드러나기도 했다. 종교계에서도 생명 경시 풍조를 우려한다는 표명이 있었다. 의식이 회복될 가능성이 없는 식물환자의 경우, 인공호흡기를 떼어야 하나. 뗀다면 언제쯤 해야 하나. 그에 어떠한 절차가 필요한가 등의 문제가 요지였다.

선진 여러 나라에서 겪었던 문제가 이즈음 우리에게도 봉착됐던 바다. 논란 가운데 결국 연명치료 중단의 문제는 존엄사와 그 성격이 다르다는 견해가 밝혀졌다. 세브란스 병원과 서울대 병원에서는 각자 그 가이드라인을 부랴부랴 만들어 내느라 분주했다.

언론 쪽에선 1975년 미국에서 식물인간이었던 케런 퀸란이 법정

판결에 따라 인공호흡기를 제거했지만, 무려 9년이나 생존했던 사례가 보도되기도 했다. 이런 사례를 들고 생명의 소중함, 예측 불가능성, 살아있음의 신비로움을 강조하며 종교계에서는 인위적으로 죽음을 맞게 할 수 없다는 의견이 지배적이었다.

대체로 식물인간의 경우란 인공호흡장치에 의존해 기계적으로 숨 쉬는 소리가 들리고, 플라스틱 호스를 입속에 꽉 끼운 채, 심장 소리만 미약하게 들릴 뿐이다. 인공호흡기를 떼면 바로 죽지는 않을지라도 그 수명은 수일 내지 기껏해야 몇 개월 정도다. 해서 병원이나 가족들 처지에서는 환자의 심장이 멈출 때까지 기다리는 일밖에 없다. 뿐더러 이런 상황이 몇 달씩 계속되다 보면 그 가족으로선 여간 고통스러운 일이 아닐 수 없다.

의식은 없어도 생명이 아직 살아있으니 호흡기를 떼면 의도적으로 빨리 죽음을 재촉하는 꼴 아니냐.—이런 경우 '소극적 의미의 안락사' 또는 '소극적 의미의 존엄사'라 할 수 있다. 반면 심장이 뛰는 한, 어떤 식으로든 계속 살아 있게 해 줘야 한다는 압박감을 갖는 가족도 있겠다.—이런 것을 '무의미한 연명 치료'라 한다. 참고로 말기 암환자라는 진단을 받고 더 이상의 희망이 없음을 확인한 뒤, 그 심신의 고통을 벗어나고자 자신의 죽음을 일찍 맞도록 조치를 취하는 것은 '적극적 안락사'로 규정된다. 이런 경우 의사가 환자의 요구에 응해서 특정 약물을 투입해주면 살인으로도 간주한다. 간혹 이런 일로 일부 의사들이 기소됐다는 소식을 월드뉴스에서 보기도 한다. 적극적 안락사는 사실 윤리적으로 문제가 크다. 존엄사라 보기 어렵다. 하나 그것도 자연의 큰 흐름 속에서 보자면 이해가 될 수 있는 경우도 없지는 않을 듯싶다. 그러나 자못 이런 이해가 널리 확산하면 분명 자살풍조 만연의 큰 구실을 제공할 수 있다. 그에 걷잡을 수 없는 파장이 예상돼서다. 혼자가 아닌 공동체 사회란 의미를 되새길 때 역시 윤리적으로 곤란하다는 인상이다.

이젠 의료계 쪽에서 현장체험을 토대로 국민 일반에게 적정가이드 라인을 제시할 때가 됐다. 치료 중단이 가족들의 경제적 곤란 사유만으로 암암리에 동의해 줘서도 안 될 것이다. 무의미한 연명치료에 대해 법조계나 종교계의 주창에서 보듯 생명사상의 일방적 제고라는 측면도 재고되어야 한다. 사실 가톨릭 신자나 불교 신자들을 대상으로 당시 사회조사한 결과, 80% 이상에서 무의미한 연명치료를 하지 않겠다는 의견이 있었다. 이런 점 역시 참고가 되어야 한다. 외국의 선례를 보듯 존엄사 문제를 갖고 시민운동을 통해 이의 여론을 수렴시켜 왔다. 물론 그 사회 의사들의 적극적 동참도 있었다. 건강을 완전히 잃어버린 생명을 쓸데없이 연장하는 것이 오히려 의료 윤리에 위배된다는 의견도 충분히 가정된다. 1981년 리스본에서 열렸던 세계 의사 총회 선언, "환자는 인간으로서 존엄됨을 유지하면서 죽음을 맞이할 권리가 있다."는 것은 아직도 유효한 의미가 있겠다. 소극적 안락사가 미국이나 일본 쪽에서는 대체로 수렴된 의견이다.

이제는 잘 사는 일 만큼 잘 죽는 일에 대해서도 터놓고 함께 성찰
해 봐야 할 일이다. 존엄한 죽음이란 뜻에는 첫째, 식물인간의 무의
미한 연명조치를 거부하겠다는 요구. 둘째, 죽기 전까지 고통완화를
최대한 목표로 해 줄 것. 그리고 치명적인 병에 걸렸을 때 의사나 가
족은 그 상태를 환자에게 직접 사실대로 알려줄 것이 포함돼야 할
것이다. 그래야 결국엔 죽음을 받아들이고 이승에서 정리해야 할 이
별의 시간을 가질 수 있어서다. 남은 생을 슬프나 아름답게 가꾸며
편안한 죽음을 맞이하도록 한다는 뜻도 있다.

사실 이런 바탕으로 해서 미국은 50개 주 중 49개 주에서 존엄사
관련법이 제정됐다. 1991년엔 미 연방 정부에서도 죽음 관련, 자기
결정권법이 제정된 바 있다. 일본의 법 제도도 비슷한 내용이다. 고
통 없이 아름답게 생을 마치고 싶은 게 모든 인간의 공통된 바람일
것이다.

평소 우리는 죽음이라는 운명을 부지불식간에 일단은 부인하려
든다. 이런 탓에 인생을 좀더 연장해보려는 의지가 생기기도 한다.
의사들은 치료과정에서 '어쩌면 가능할 것 같은' 생명의 연장에 대한
희망을 던져주기도 한다. 현대의학이 죽음이라는 운명을 부인토록
한 영향도 있어 보인다. 이젠 죽음의 문제를 '살아있는 내 문제'로 봐
야 할 때다. 자연의 섭리를 위배하는 죽음에 대한 자기기만을 포기
하는 의식도 가질 때가 된 듯싶다.

'좋은 죽음' 준비하기

　노인 병동에서 진료하다 보니 자연 노인들의 임종과정을 자주 겪게 된다. 지난 날 우리 사회에선 객지에서의 사망이나 임종은 그 가족의 비운으로 간주했다. 망자의 혼이 원귀가 되어 오랫동안 중음신 中陰神으로 떠돌 수 있다는 미신 심리가 깔려 있어서인 때문이었다. 그러나 요즘 의술의 발달 덕에, 노인들이 턱없이 객지에서 돌아가시는 일은 드물다. 중병의 노인도 잘 케어care해 드리면, 수년씩 수명이 연장되는 시대다. 노화 자체는 질병이 아니고, 노인들의 사망 이유는 순전히 질병 때문이란 인식도 널리 알려졌다. 그러나 문제는 가족 구조가 갈수록 원자화되고 있어, 병약한 노인을 집에서 돌보려 해도 손이 모자란다는 것이다. 해서 중증 질병의 노인들은 병원에서 지내야 함이 보편화 된 게 요즘의 실정이다. 그러하니 임종 시에도 객지 아닌 객지(병원)에서 맞이할 때가 많고, 근처의 장례식장도 이용하기 쉽게 잘 갖춰줘 있어, 동시대에도 격세지감을 느끼게 되는 것이다.

가족들이 병원에서 부모의 임종 과정을 지켜보게 되면, 나름대로 사망의 원인을 이해하게도 되고, 자식으로서 할 도리를 다했다는 일종의 안도감도 갖게 된다. 중증의 노인 환자들은 아무래도 집에서 대책 없이 모시는 것보다 병원에서 임종을 맞이함이 고통도 적고, 여러모로 안심이 되리라. 물론 이런 정황들은 대체로 가족들이 동의하는 견해이기도 하다. 하나 내 경험으로는 이보다 다른 중요한 문제가 하나 있으니, 사후 유산 문제를 놓고 가족 간에 티격태격하는 소리가 심심치 않게 들려와서인 것이다. 부모 생전 케어care에는 모두 극진했으나, 사후엔 유산 문제로 자녀 간에 소송으로까지 이어져, 집안 전체가 풍비박산되는 꼴을 간혹 목격한다.

여기서 얻은 교훈이다. 우리는 살아 있을 적에 미리 자손들에게 부정적인 감정들을 일으킬만한 요소들을 제거하는 데도 신경을 써야겠다. 유산뿐만이 아니다. 주변 인간관계에 대해서도 확실한 입장이나 견해의 표명도 있어야 할 것 같다. 말년에 접어들수록 떠날 채비를 하는 새처럼, 몸과 마음을 가벼이 하자는 취지다. 먼저 무엇이든 물려주기로 한 게 있으면 아직 여력이 있고, 의식이 뚜렷할 때 그것을 실행하자. 모든 것의 소유권을 가족들에게 분명하게 해 두는 게 좋겠다.

말년에 가까울수록 삶에 대한 집착이나 분노도 털어 내는 예행연

습도 권유된다. 신을 믿는다면 신에게, 불교 신자라면 부처님을 생각하며 제 마지막 소망을 기원하며 사는 것이다. 자비와 관용의 마음을 갖게 되면, 스스로 감화시키는 아름다운 말년을 보내게 된다. 이번 생生만 있는 게 아니다. 내생來生은 분명 지금보다 더 나아질 거라 기대하기에…….

'죽음' 연습 좀 합시다!

일상의 삶이란 그날그날 일에 쫓기거나 사랑에 쫓기거나 아니면 뭔가를 성취하려 바쁘게 움직이며 살아가는 일일 것이다. 한데 어느 날 우리는 잠시 일상의 삶의 리듬을 멈춰 볼 때가 있다. '밖'을 향하던 눈을 '안'으로 들여다보는 것이다.

이런 삶의 겉모습에서 좀 떨어져 보자면 간혹 뭔가 잘못 사는 게 아닌가 하는 우려 반 후회 반이다. 무언가로부터 도피하는 삶 아닌가 하는 생각이 들기도 한다. 육신이라는 짐을 끌고 가는 생生이건만 육신에 매달려 정신을 놓아 버리고 산다고나 할까. 아무튼 늘 부족한 게 많고 마음으로 여러 사람에게 빚을 지고 사는 것만 같다.

마음속 깊이 형상을 모르는 두려움이 자못 꿈틀거림을 희미한 새벽 어둠 속에서 느껴보기도 한다. 그리고 잠시 침잠해본다. 결국 그모든 두려움은 죽음이라는 문제에 같은 뿌리를 두고 있는 것 아닌가 하고. 그런가 하면 현대 인간들의 삶의 행태들이 다분히 죽음으로부터 도피, 아니 그 표현보다는 죽음 같은 어떤 두려움으로부터의 도피와 깊은 연관이 있는 것 아닌가 하는 생각도 든다.

사춘기 무렵 죽음은 '나'라는 주체가 이 우주에서 완전히 실종되는 사건으로 인지되었다. 이 시절의 죽음이란 육신은 물론 정신이나 혼까지도 흔적 없이 사라지게 되는 두려운 추상 명사였다. 가위눌리는 꿈에 식은땀을 뻘뻘 흘렸던 기억도 난다. 역시 죽음 공포증의 한 표현인 셈이다. 한창의 청년기 시절 죽음이란 문제는 의식의 깊은 창고 속에나 맡겨 두었다. 왕성한 심신의 활동에 가려 죽음은 곧잘 부정되었다. 타인의 죽음만이 신문의 활자 속에서 발견될 뿐이었다. 중년이 되면 부모나 가까운 지인들의 죽음을 빈번히 간접체험하게 된다.

그런 뒤 혹자는 남은 생을 보람 있게 보내야겠다는 마음을 세우기도 한다. 미운 정 고운 정을 나눴던 가까운 이의 죽음은 지난날 잘못 살아왔던 인생을 반성케도 해준다. 반면 절망과 자책감에서 벗어나지 못하고 암담한 세월 속에서 인생을 보내는 이도 적지 않다. 그러나 경우야 어떻든 중년을 지내며 죽음을 적정 직시해보는 시간이 잦아진다. 그리고 죽음을 현실의 문제로, 보다 의식적으로 자각할수록 그의 내면풍경은 조금씩 달라지는 것이다. 대체로 남은 생을 지혜롭고 사랑이 넘치는 삶으로 메우고 싶다는 소망이 샘물처럼 솟아남을 느낀다. 보다 성숙해진 변화이다. 지난날 삶을 간단히 되돌아보니 알게 모르게 죽음이란 의식을 무시한 채, 그러면서도 죽음에 대한 두려움을 계속 떠안고 살아왔던 게 아닌가 하는 생각이다.

프랑스의 철학자 몽떼뉴는 그의 에세이에서 "평생 죽음을 준비하는 자세로 산다면…… 죽음을 낯설지 않게 받아들이는 길이 있으니, 이 얼마나 행복한 일인가…… 한번 시도해볼 만한 일이다."고 썼다. 직접 죽음을 체험할 순 없다. 하나 정신적으로 숙고해보면 죽음과 조금은 더 친숙해질 수 있으며 평소의 삶에서도 그 평온을 느낄 수 있다는 술회다. 선禪불교에서 행하는 기본적인 수행 가운데서도 죽음에 대한 명상이 있다. 그 유사 수행은 힌두교 전통에서도 발견된다. '죽음 연습'의 명상이란 말 그대로 앉아있는 자세에서 불현듯 어떤 사고나 재난으로 죽음을 겪는 것에서 시작한다. 지금, 이곳에서의 당장의 죽음 그리고 그 후의 과정을 객관적으로 바라보는 연상이다.

비록 상상의 과정이지만 실제로 죽었다는 즉자적 경험으로 생생하게 연출해야 된다. 숨이 끊어지고 혼이 육신에서 빠져나간다. 그 혼이 생명을 잃은 육신을 찬찬히 바라본다. 죽은 뒤 가족들이 영안실로 모여들고 애도반응을 보인다. 그 가족들 각자의 감정반응도 살펴본다. 어느새 제 혼은 우주의 아득히 먼 별 가까이 홀로그램처럼 외로이 남아있는 상태가 된다. 이곳이 본격 명상을 하는 위치다.

아득한 우주공간에서 제가 살았던 푸른 별 지구를 내려다보며 살아왔던 전 과정, 곧 유아시절부터 죽기 전까지의 모든 인연시절을 추체험해 보는 것이다. 죽기 전까지의 나는 누구였나, 난 무얼 하며 살아왔나 하는 게 주마등처럼 스쳐 지나가기도 한다. 그 추체험 자체가 일종의 환상으로도 비춰진다. 어리석음과 쓸데없는 탐욕에 물들어 의미 없는 삶을 살아왔다는 생각에 왈칵 눈물이 쏟아지는 경험을 겪기도 한다. 이곳은 참회의 신성한 공간인 셈이다. 혼자서만 조용히 누리는 일이다. 신앙이 돈독한 자라면 그 가운데 신의 은총이나 사랑의 기운을 느끼기도 할 것이다. 그러나 어떤 선입관이나 믿음을 내세울 필요는 없다. 있는 그대로 영혼 실존의 감각만 필요할 뿐 자기 과거 생에 대해 어떤 변명이나 비판적 시각을 가져서는 안 된다.

단순 솔직하게 과거 생을 직면하고 바라만 보는 것이다. 과거 어떤 행동이나 인연에 대해 자세한 연상을 해 보는 것은 무방하다. 한 시간 정도면 충분하다. 일주일에 두세 번 정도 반복된 죽음연습을 권장한다. 추체험을 하면서 주제별로 예컨대 부모관계 자녀관계 애정이나 돈 문제 등으로 나누어 그에 대한 생각이나 연상 또는 그간 행동의 변화가 어떠했는지를 쭉 살펴보는 것도 한 방법이다.

일련의 죽음연습 명상을 하다 보면 이제껏 살아왔던 삶을 재평가하게 된다. 삶의 유한성을 실체적으로 깨달아 이 삶이 얼마나 소중한가도 알게 된다. 행복의 의미를 자기 내면에서 찾게 되는 계기도 마련된다. 젊은 시절 가졌던 많은 불안이나 두려움으로부터 해방된 감을 느끼기도 한다.

1960년대 퓰리처상을 받은 미국 정신과의사 로버트·버틀러라는 사람이 인생회고요법life review therapy 이라는 개념을 소개했는데 이와 유사한 맥락이다. 이런 명상을 해보면 죽음도 삶의 한편임을 느끼게 해준다. 더 나아가 이 삶이 기적이며 은혜라는 것도 더불어 느끼게 해준다.

고故강경화 시인을 추모하며

　작년 이맘때쯤 시인 강경화는 소천했다. 유방암으로 10년 가까운 투병 끝에 생을 조용히 마감했던 것이다. 그의 남편 강창민 교수는 역시 시인으로, 나는 대학시절부터 이제껏 살갑게 지내왔던 터였다.

　이 부부는 평소 잉꼬부부 그 이상이었다. 아내가 암 진단을 받은 뒤 더 이상 교수 생활을 영위하기 어렵게 되자, 이내 서울을 떠나 양평의 산자락 마을로 이사를 했다. 맑은 공기에, 맨발로 산길도 다녀보고 깨끗한 음식도 먹고 수양하는 마음으로 산다면 병이 나을 것 같다는 생각에서였다. 남편은 아내 뒷바라지라도 해 주면서 이제는 의무적인 삶에서 벗어나 함께 삶의 숙제도 나누어 풀어가겠다는 마음도 먹었다. 참선공부였다. 일주일에 한두 번은 서울로 나와 제자들에게 선공부를 지도해주는 일도 했다. 부부는 일년에 두세 번은 전라도 남원 근처 어느 절에 가 며칠씩 두문불출 주야로 참선기도에 정성을 다했다. 아내가 암 진단을 받은 뒤 남편은 좋아하던 술 담배도 끊었다. 아내의 병을 자신도 더러 대신 앓는 듯 그 아픔의 영향도 있어서일 것이다. 아내와 자신을 위해서도 그리했던 것이다. 아내의 병을 더러는 자기 탓이라 여겨 하는 마음도 엿보였다. 아내를 위하는 온갖 정성을 보면 못내 안쓰럽다는 생각마저 들었다. 그러던 아내가 작년 초 그간의 치료에도 불구하고 전신으로 암세포가 퍼졌다는 소식이었다. 그녀는 아직 장가를 못 간 두 아들을 두고 앞이 캄캄했을 터였다. 그 와중에도 자신이 먼저 떠나게 되면 이후 남편의 외로워질 삶을 오히려 걱정했다.

남편은 '아직도 풀어야 할 삶의 숙제가 남아있는데…… 갈수록 인연의 삶이 소중하고 감사함을 느끼고 있는데…… 내 부덕함에 먼저 떠나려 하나' 아쉬움과 그리움에 간혹 목이 메었다. 겉으론 태연했으나 사실 남편은 울음 반 삼킨 쓸쓸한 호수의 마음이었다.

임종을 앞두고 두어 차례 나는 문병을 갔다. 친구로서 그리고 무엇보다 정신적 가족으로서 이별의 시간을 나누기 위해서였다. 모든 것을 내려놓고 정리해보는 시간을 가져보라는 고언도 나는 은밀히 던져봤다. 조용히 수긍하는 눈치였다. 원하는 바 통증 없이 눈을 감고 싶다는 전언이었다. 길지 않은 이 대화에서 그녀는 죽음에 대한 불안을 결코 드러낸 바 없었다. 이젠 죽음을 수용하는 태도였다. 그녀는 곁의 듬직하고 착한 품성을 지닌 두 아들의 마음도 지켜보았고 남편의 간절히 기도하는 마음도 읽고 있었다. 임종 며칠 전엔 이승에서 마음의 빚을 진 이들에게 간단한 선물을 보내고 싶다고 남편에게 말하는 것을 내가 엿듣기도 했다. 인생 재평가의 시간도 가진 듯했다. 대학시절 내가 우스갯소리 몇 마디 했는데 그런 걸 다 기억하고, 좋은 추억이었다고 독백했다. 임종 전까지도 새로운 생을 위한 마음의 준비를 하는 모습이 갸륵하고 아름답게만 보였다. 남편과 친지들의 따뜻한 위로를 통해 내가 느꼈던 것은 그녀가 마지막 순간까지 혼자가 아님을 깨닫고 생을 마감했다는 안도감이다.

죽음이란 자연의 연속성이며 자연의 당연한 귀결이라 보통 그리 생각을 한다. 하나 당장에 그에 맞부딪히게 되면 죽음의 험상궂은 모습을 만나고 싶어 하지 않는 게 사람의 마음인 것이다. 남은 자신의 생을 남들에게 흉한 모습으로 드러내지 않고 못다 한 숙제를 정리해보려는 그녀의 차분한 마음자세. 그 이별의 시간은 정녕 간단치 않은 축복의 시간으로까지 다가왔다. 그녀는 단 한 번도 본성을 무시하는 언사도 없었다. 의식이 혼탁한 가운데서도 본래의 자존심을 훼손시키는 모습도 없었다. 그렇게 깨끗하게 생을 마감했던 것이다. 그녀는 혼수상태에 빠진 뒤 하루 만에 숨을 거두었다.

그녀의 소원 하나. 그간 써왔던 시들을 묶어 하늘나라에 보내달라는 것이었다. 남편은 임종 후 6개월 뒤 그녀의 시집『이제 나는 머물지 않을 수 있는데』를 내었다. 작고 1년 지나 선 장시 시집『사랑은 어디 있나요』가 나왔다. 그녀는 죽음을 미리 예견했던 것 같다. 죽기 수년 전부터 죽음 관련 시들을 꽤 많이 썼던 것이다. 그 시편 중에는 삶 속에서 이미 죽음을 친구처럼 받아들이는 편안함도 느껴진다. "새로운 시간을 위해/ 시간을 버리며 휘저으며 떠나간 사람들…… 이제 나는 일어설 수 있는데/ 이제 나는 떠날 수 있는데…… 이제 나는 머물지 않을 수 있는데"라며 사랑을 담고 떠나려는 자신을, 멀찍이 떨어져서 바라보는 눈빛이다. 탐욕과 어리석음에 물들지 않고 새로운 시간을 내어 그 마음을 마음껏 쓰고 싶은 마음이 여러 시편에서 드러나곤 한다. "사랑은 어디 있나요?/ 시들어 버린 꽃을 든 채 울먹이며 소녀는/ 관세음보살에게 물었습니다./ 관세음보살은 말없이/ 소녀의 집 썩어가는 기둥을 가르쳤습니다./ 비 오는 기둥에도/ 우산처럼 작은 버섯이 돋아있고 그 밑에는 발을 다친 벌레 한 마리가/ 간신히 비를 피하고 있었습니다." 말의 허물을 벗어 던지고 고단한 관념의 말을 벗어버리고 "그냥 사랑 속에 남아 있으라" 한다. 사랑을 마음속 깊이 체현한 사람이 아니고는 쓸 수 없는 표현의 시어다.

죽음 직전까지도 가치 있는 삶을 살 수 있겠구나 하는 것을 나는 고 강경화 시인을 통해 배웠다. 오래 더 이상 구차하고 힘들게 병든 몸을 이끌고 사는 것보다, 그럼에도 죽기 전까지 순간순간을 얼마나 진실하게 살려고 노력했는가를 느끼게 해 주었다. 죽음이 우주 질서에 한 부분임을 말없이 받아들이며 시간을 더없이 소중하게 보냈던 강경화님. 님의 시를 자세히 몇 번 더 읽고 나는 하늘에 계신 님께 말하다. 내 죽거든 저 세상에서 다시 만나요. 그땐 말없이 싱긋 밝게 웃던 그대 모습 다시 한번 보고 싶다오.

Part 4

나를 감상하다

교동도에서

강화도 창후리 선착장에서 교동도 월선포까지는 코앞의 거리로 가까워 보이지만 뱃길로는 3km 남짓이다. 페리호에 몸을 싣고 나니, 배는 코끼리처럼 서서히 뒷걸음질치다가 뱃머리를 돌린 뒤 유유히 교동 쪽으로 움직여 간다. 어려서부터 낯익은 이 바다는 오래된 토장국 빛깔로 오늘도 이렇게 무연히 출렁인다. 전진하는 선체에 힘차게 부딪치며 질척대다, 맥없이 스러지는 파도의 기운들. 미끄러지듯 출렁이는 무량한 저 파도들을 응시하다 보면, 우리의 알량한 앎 따위는 어느새 무색해지고야 마는 것이다.

먼 바다 위론 해무가 옅게 깔려있다. 백치같이 밍밍해진 이 의식 위에, 하얀 그리움으로 몽롱하게 그려지는 먼 풍광이 정겹게만 느껴진다. 외로워 보이는 섬들. 침묵 속에 앉아 졸고 있는지, 깨어있는 것인지 그 속내를 알 수가 없다. 해안가로 이어진 긴 갯벌. 거친 파도에 쓸리기를 수 억겁 해왔을 터다. 하나 어둠과도 익숙해진 빛깔로 저렇듯 담담하고, 적적한 기운만 남은 게 차라리 찬연燦然하다. 무구한 사랑의 표상처럼 수없이 반짝거리는 바다의 물비늘들. 저쪽 작은 목선이 하나 수평선을 향해 긴 꼬리를 남기며 빠져나가고 있다. 바다에 오면 누구든 한동안 그 풍경 속에 들어가, 그 풍경의 일부가 됨은 하나의 숙명이리라.

어느새 월선포에 이르렀다. 작년에도 이 섬에 들러 섬 주위를 한 바퀴 돌아봤다. 단조로운 산책이었다. 한데 오늘은 무엇하러 다시 또 찾게 되었는가. 여긴 내 유년시절을 보낸 고향이긴 하나 아마 갈수록 더 낯설어지는 무슨 섭섭함 같은 게 있어서인지 모르겠다. 여기 올 때마다 느꼈던 그 한가로운 고독이 좋아서인 이유도 있을 것이다. 오늘은 화개산을 올라 길게 한 바퀴 둘러보고 싶었다.

산 어귀 양지바른 곳엔 이름 모를 풀들이 드문드문 여린 잎들을 내밀고 있다. 꽃망울을 터뜨리고 싶어 하는 근심 어린 개나리들 작은 바람에도 흐느적거린다. 산길은 좁지 않고 지난해 넉넉한 인심처럼 수북이 쌓인 낙엽들은 푹 삭아져 이제 흙 속으로 동화를 하려 한다. 천천히 산을 오르다 숨도 돌릴 겸, 잠시 저 아래를 내려다 본다. 넓디넓은 들판이 영상처럼 펼쳐진다. 파란색, 빨간색 양철 지붕의 집들이 옹기종기 모여 사는 마을들. 그 정경이 평화롭게만 보인다. 산정에 이르러 사방을 찬찬히 둘러본다. 가늠하기 어려운 너른 풍광이 조용히 내 안으로 스며들어온다. 이 고요 속에 멀리 닭 우는 소리, 개 짖는 소리가 들려온다. 까마득한 날의 내 어릴 적 추억도 함께 묻어온다. 무명無明의 황토 빛깔로 출렁이던 바다도 이렇게 멀리서 바라다보니 얌전한 청회색의 환한 물빛이다. 우아하면서도 소박한 정취를 느끼게 해준다. 여기선 하늘이 더 넓고, 더 웅장하게만 보인다. 둥그렇게 긴 수평선 따라 둘러앉은, 바다의 옛꿈 같은 흰 구름들. 시방 나는 이 고요 속에 머무르며 이 가슴 속에서 떠오르는 대로 무상의 상념들을 흘려보내고 있다. 마음도 아닌 마음, 여기 빈자리엔 생명 그 자체의 숨결만이 자유롭다. 꿈만 같은 삶. 이 삶을 떠받치고 있는 순수의식만이 조용히 스스로 빛을 발하고 있다. 지금 내겐 아무런 길도 보이지 않고, 어떤 성취도 의미 없어 보인다.

어릴 적 나는 이런 고요 속에 머물다 귀가 멍멍해지면 혹시 이러다 미쳐버리는 건 아닐까, 두려워했던 적이 있었다. 하나 지금은 삶의 본바탕 같은 이 고요에 머무름이 더 없는 평안을 준다. 못물이 넘치는 듯 흥에 겨워 절로 독백도 흘러나온다. 커다란 침묵 속에 살아가는 굴참나무여, 으름나무여, 오동나무여. 모든 존재의 근본은 본디 하나 아닌가. 하늘과 땅과 나무와 바다와 뭇짐승들과 우리는 서로가 연결된 존재. 애초부터 우린 조건 없는 평등한 관계의 존재였다. 기쁨, 슬픔, 쾌락, 고통 이런 것들은 우리 삶의 뿌리들을 이루는 필연의 성분들이다. 인생이란 그 뿌리들로부터 자라는 하나의 생성의 나무이기도 하다. 번뇌란 번뇌하는 자의 몫일 뿐이지만 어느 누구도 그것의 희생자가 될 순 없다. 우리는 단지 서로 사랑하는 일

에 의지해 살아갈 뿐이다. 이 섬과 저 섬 사이를 잇는, 햇빛 받아 희
번덕이며 설레는 물빛의 긴 너울. 저건 아마 우리 그리움의 본래 고
향일 것이다.

겨울은 행복하다

내게 겨울은 어떻게 시작되었던가. 어린 시절 추수가 끝난 늦가을의 썰렁한 빈 벌판이 먼저 떠오른다. 빈 벌판처럼 냉가슴을 울리는 바람 소리. 하늘도 창백해지고 더 멀어진 느낌이었다. 길섶 마른 풀들 사이엔 맥없이 주저앉아버린 가냘픈 그림자들만이 어른거렸다. 저 멀리 민둥산인 화개산도 힘겨운 침묵 속에, 마치 다른 세상을 향해 돌아앉은 모습이었다. 그때 어린 눈에 산은 거대한 어둠에 가까웠다. 해질 무렵 서쪽 하늘은 야릇한 그리움이나 신비감을 불러일으켰으나 칼칼한 바람과 함께 어둠이 다가오면, 좀 무섭다는 느낌도 들었다. 하나 때가 때인지라, 그즈음 마을 사람들은 너나없이 횃불을 들고 들로 나갔다. 참게를 잡기 위해서였다. 형과 함께 나도 어머니를 따라나섰다. 나는 희미한 불빛 아래 게걸음 치는 참게를 처음 보고는 흠칫 놀랐고 흥분을 감추지 못했다. 여기저기 부댓자루 속에 담겨져 있던 참게들은 물거품을 흘리며 가갸거겨, 가갸거겨를 연신 읊어댔다. 추운 밤 고사리 같은 언 손을 비벼가며 새로운 탐구심에 나는 즐겁기만 했다. 창공엔 보석처럼 수놓아진 무수한 별들로 적막함은 그 풍요로운 기운 탓에 그리 두려운 것이 아니었다. 그 후 얼마 안 지나 차갑고 매운바람이 불었고, 두꺼운 옷을 껴입어야 했다. 이른 아침 방안에선 흙벽에 몸을 뒤척이는 시래기들의 부스럭대는 소리에 무연히 귀 기울이다 다시 잠이 들기도 했다. 농한기의 겨울. 농사일을 다 내려놓은 어머니는 집에 있는 시간이 많아 가족들 먹을거리 챙겨주는 일로 꽤 분주했고 부엌에서 무럭무럭 올라오는 따뜻하고, 뿌연 김만큼이나 보람도 느꼈을 거였다. 조청에 찍어 먹던 가래떡은 왜 그리 맛이 있었던지. 밖에서 놀다 쓸쓸해지면 더 추웠다. 방에 들어와 뜨뜻한 아랫목에서 이불을 뒤집어쓴 채 무슨 생각을 했는지…… 밖의 거친 자연이 있지만 솜이불 속은 아늑한 무덤 같기만 했다. 그 겨울엔 왜 그리 자주 출출했던가. 군고구마에 살얼음이 둥둥 떠 있는 동치미며, 식혜의 달달하면서도 시원한 그 맛. 그것은 정신도 번쩍 들게 하는 자연산 청량제였다. 등잔불 아래 바느질하던 어머니 곁에서 하염없이 타오르는 그 불을 바라보며 나는 그때 이름도 모르는 무슨 공덕심 같은 것을 한량없이 지켜보다 스르르 잠이 들었다.

어린 시절 겨울의 추억이 스쳐 지나갔다. 지금 나는 산 어귀에서 북한산을 바라보며 천천히 걸음을 옮기고 있다. 저 멀리 헐벗은 나무들은 의연한 자세로 산등성이 따라 가지런히 줄지어 서서, 기다림은 오직 기다리는 자의 몫일 뿐이라 한다. 겨울이 되니 산의 모습은 그 윤곽이 뚜렷해져 이 투명한 기운이 나는 더없이 좋다. 먼 산의 빛깔은 옅은 회갈색에 습기 머금은 연보라 빛이 잘 어울려 그 단조롭고 소쇄한 추상미가 오히려 그윽한 기쁨을 자아내게 하는 것이다. 주변엔 새 소리도 떠나고, 물소리도 떠나 고요하기만 하다. 햇살은 깊은 고요에 머물고 있다. 햇살 아래 크고 작은 돌들, 그 존재의 단순함이 더욱 명료해 보인다. 아우성치던 생명력에서 물러난 마른 잡초들, 차분히 쟁여져 있는 오그라든 낙엽들. 헐렁한 가운데 마른 그 그리움의 모습들이 싫지가 않다. 은은히 어느 절에선가 범종 소리가 울려온다. 행복이 어디에 있겠는가. 지난날 행복해지기를 바라던 그 마음들 모두 어리석은 마음들이었다. 행복이란 초대하지 않아도 스스로 찾아오는 무엇. 수용, 관용, 범사에 감사하는 마음과 다름없을 것이다. 모든 관념을 내려놓은 듯 벌거벗은 저 나무들. 무수한 군중 속에 각자 외롭게 서 있어도 모두 깨끗한 행복에 젖어 있다.

〈볼레로〉 동영상 감상

얼마 전 친구가 유튜브 동영상을 내게 보내왔다. 라벨의 관현악곡 〈볼레로〉에 맞춰 발레 춤을 추는 공연 작품이었다. 〈볼레로〉는 베토벤의 운명 교향곡만큼이나 우리 귀에 익숙하다. 그러나 참 특이한 곡이다. 같은 멜로디를 15분간에 걸쳐 무려 169회나 반복한다. 단지 시간이 지나면서 연주되는 악기와 음량만의 변화가 있을 뿐이다. 그처럼 기계적인 반복의 리듬에도 불구하고 곡이 진행되면서 그 울림의 폭은 점점 커지고 그 리듬에 몰입하게 하는 묘한 힘이 작동된다. 원래 이 작품은 스페인 춤곡 종류로, 발레 음악으로 작곡되었기에 응당 그것의 발레 춤을 보면서 함께 감상해야 제격인 듯싶다. 화면의 바탕에 쓰인 글씨를 보니 모리스 베자르란 사람이 안무를 맡은 작품이다.

처음은 아주 조용한 분위기에서 시작된다. 한 가닥의 비단실 같은 가느다란 관현악의 선율이 어둠 속에서 뽑아져 나온다. 조금씩 더 커져가는 그 소리는 마치 어둠 속 저 멀리서 희미한 등불을 켜고 이쪽으로 행진해오는 그 누군가를 위한 노래 같기도 하다. 이제 한 여자 무용수가 어둠 속에서 그 모습을 드러낸다. 강한 불빛의 조명은 소리 없이 좌우로 몸을 유연하게 움직이는 무용수의 손짓 하나, 몸짓 하나를 따라가며 그 초점이 맞춰진다. 어둠 속에서 태동하는 부드러운 생명의 리듬이 느껴진다. 뒤이어 심장이 미약하게 뛰는 듯 아주 낮은 톤의 북소리가 들려온다. 무용수는 이제 무지의 어둠 속에서 은밀한 사랑을 움트게 하려는 순결의 몸짓을 온몸으로 드러낸다. 강·약의 리듬에 따라 불빛도 함께 춤을 춘다. 이어 쉼 없이 웅얼대던 낮은 북소리는 더 커지면서 반복적으로 밀물져 다가온다. 북소리는 틀을 갖춘 위용의 여러 관현악 소리에 조응을 한다. 목마른 어느 영혼의 불꽃은 서서히 타오르기 시작한다. 북소리는 그 타오름에, 끊임없이 활기를 북돋아 주고 있으며 그 에너지의 동력으로서도 계속 동원되고 있는 것이다.

1m 정도 높이의 둥근 테이블엔 감색의 환한 조명이 비쳐 있다. 음악에 맞춰 무용수는 몸을 앞뒤로 때론 좌우로 리드미컬하게 가볍게 튕기기도 하고 때론 힘찬 율동으로 흔들어 댄다. 양팔을 어느 땐 새처럼 공중을 날아갈 듯 홀렁홀렁 펄럭인다. 자유를 꿈꾸는 영혼의 날갯짓이다. 그러다 다시 온몸을 움츠렸다가 펴기를 반복한다. 몸부림은 파도를 타며 넘어간다. 춤사위가 반복적인 리듬을 타다 보니

단순한 사랑의 유희를 넘어 사랑에 대한 제의祭儀 같다는 느낌도 준다. 근육들의 미세한 움직임에서 에너지의 역동적인 균형미가 느껴진다. 테이블 주위엔 상체를 맨몸으로 드러낸 건장한 남자 무용수들이 부동의 자세로 둘러서서, 침묵이 깨지기를 기다리고 있다. 이들 마음 역시 계속 이어지는 리듬에 호흡을 같이 하며, 저 독무獨舞를 하는 무용수와 함께 영혼의 불꽃이 타오르기를, 억제할 수 없는 불같은 사랑이 낳아지기를 바라는 심정을 공유하고 있다. 어느새 무용수의 온몸은 지복에 대한 욕망으로부터 흘러나온 땀으로 번지르르 젖어있다. 주변 무용수들 가운데 넷이 나와, 협동하는 군무群舞가 이어진다. 사랑과 자유를 위한 놀이의 불꽃이 주위로 번져 나가기 시작한 것이다. 점차 불, 그 자체를 위한 제전祭典으로 무대는 달아오른다. 어느결에 테이블 주위엔 십여 명이 넘는 무용수들이 물결처럼 함께 움직인다. 하나에서 시작되었으나 이젠 여럿으로 번진, 자유로운 혼들의 불꽃 축제가 되고 만 것이다. 힘찬 열정의 몰입의 경계다. 사랑의 동체動體들은 음악에 실려, 사실 하나로서 움직이는 것이다. 이것은 어찌 보면 성적 환희를 갈망하는 육체들의 자위적 행동으로 보일 수도 있겠다. 하나 동시에 지복의 삶을 갈망하고, 하늘로 향해 피어나려 하는 순수한 불꽃에의 충동일 것이다. 점점 더 커져가는 관현악과 북소리의 울림은 화합과 평화에 이르는 합창으로 나아간다. 마지막 그 불꽃 사랑의 오르가슴은 모두를 위한 유희로서, 궁극엔 위대한 영혼과의 합일을 바라는 비행飛行의 몸짓일는지 모른다. 사랑의 의지는 이처럼 보다 명확하게, 웅장하게 울려져야 할 것이다. 〈볼레로〉는 조용하게, 아름답게, 쉼 없이 만물에 스며들고 싶어 하는 사랑의 노래다.

천사의 메시지

  하늘에선 간혹 천사를 이 지상에 내려 보내곤 한다. 그 천사의 모습은 동화나 신화적 상상력에서 그려진 예쁘고, 아름다운 흰 옷 입은 선녀는 결코 아니다. 평범한 가정에서 흔히 '불행한 유전인자'를 가진 채 아주 사소한 인연으로 태어난다. 그는 아프리카의 어느 오지, 인도의 어느 산골, 브라질의 어느 빈민촌 혹은 어느 부잣집의 불행한 운명처럼 아주 낮은 곳에서 이름 모를 꽃처럼 피어난다.

  인간의 오만, 자기기만, 그리고 무지와 탐욕에 가려져, 갈수록 쓸쓸해져 가는 세상에 간혹 화두話頭처럼, 인간에게 그 존재의 의미를 묻기라도 하듯 살아가게 된다. 그는 비록 천사의 몸으로 태어났지만 아직은 천사의 말을 모른다. 그의 마음 속 깊은 곳에 잠심潛心하며 기도하고 있던 천사는 끝까지 침묵해서다. 그는 살아가며, 만나게 되는 사람과의 인연을 통해, 무언無言의 손짓만을 할 뿐이다. 천사의 손은 시인이나 작가를 통해 전달이 되기도 한다. 헬렌 켈러 같은 농·맹아의 삶을 통해, 희비극을 동시에 연출시키기도 한다.

그 천사, 이 지상에서의 삶은 결코 세상의 영욕을 쫓는 일이 없다. 가난한 삶, 간단치 않은 노고와 역경, 좌절과 수많은 슬픔의 연속이다. 그러나 그 안에는 늘 사랑과 생명에 대한 고귀한 감정의 숨결이 살아 숨 쉬고 있음을 스스로 느끼게 해준다. 이런 마음은 그가 무고한 희생자임에도 불구하고, 결코 희생자가 아님을 새삼 상기시켜 주기도 한다. 사랑과 생명의 파동은 잔잔하게 동심원을 그리며, 마음의 저 가장자리까지 퍼져나가, 마침내는 이 세상 사람 모두가 하느님과 함께 태초부터 살아왔던 존재임을 깨닫게 해 준다.

영화 〈블랙〉을 소설화 형식을 빌어, 글로써 볼 수 있게 된 것은, 또 다른 감회를 갖게 해준다. 적절히 곁들인 타고르의 시, 괴테의 시 구절이 상응하는 의미를 더 해 주어서다. 천사의 메시지는 역시 그러했다. 지금 이 순간, 이곳에서 바라본 즉물卽物의 세상과 나의 삶은 아무 부족함이 없다. 무한한 은혜와 축복의 영광스런 삶만이 있을 뿐이다. 물론 그 시공간에는 사랑이 가득 충만 돼있다. 불교식으로 보자면, 세상 천지 만물이 이미 해탈이 된 상태였던 것이다.

우리의 내부의 '블랙' 공간 저 깊은 곳에서 빛이 발아되기 시작하여, 그 빛은 세상을 온통 환하게 물들이게 된다. 그 빛은 저 깊은 어둠을 지나온 빛이어서 더욱 고맙고, 소중한 것이다. 그것이 우리의 본래 성품인 것을, 천사가 우리에게 일러두기 위해, 일부러 그렇게 우리를 찾아 온 것이다.

참으로 고맙고, 기특한 일이 아닐 수 없다.

명지산 산책

작년 초여름. 남이섬 근처에 사는 친구의 안내를 받으며 함께 칼봉산을 오른 적이 있었다. 주말이면 등산객들로 북적대는 북한산이나 청계산과 달리 이곳은 꽤 한적한 편이었다. 깊은 산 속에 잠겨 유유히 호젓한 시간을 누렸던 기억이 아직도 새롭기만 하다. 금년 들어 다시 여름을 맞게 되니 그동안 소식이 뜸했던 그 친구가 문득 보고 싶기도 했다. 한데 마침 몇몇 친구들이 가평 쪽으로 산행을 챙겨보자는 내 의견에 다행히 동의를 해줬다. 우리는 아침 일찍 함께 승용차를 타고 서울을 떠나 칼봉산 쪽으로 향했다. 그러나 어찌 된 셈인지, 길을 잘못 들어 명지산 입구에 이른 것이다. 오랜만에 와서인지 잠깐 새에 착각이 생겨, 가평 읍내에서 산 입구 표지판을 잘못 읽은 탓이다. 운전 피로감도 있으려니와 한참을 지나왔으니 이제 되돌아가기가 귀찮다는 생각도 든다. 일단 우리는 차에서 내렸다. 사방을 둘러보니 이곳은 커다란 산들로 둘러 쌓여있는 형국, 신록의 청아함과 푸근함을 느끼기에 넉넉한 분위기였다. 주변 하늘을 찬찬히 올려다 바라보니 장중한 산들의 위용이 우리를 부르는 듯했다. 아, 여기서 차를 돌려 무슨 본전이라도 찾을 양 칼봉산 어디를 다시 헤맬 필요가 있겠냐. 온 김에 이곳을 한번 휘돌아보겠다는 생각에 다들 동의를 한다. 남이섬 쪽에 사는 친구에게는 저녁에나 한번 보자고 메시지를 띄웠다.

산 입구 쪽 안내판을 보니 이곳 주변 지역은 청계산, 운악산, 연인산, 명지산, 칼봉산이 무리지어 솟아오른 형세이고, 위로는 화악산이 바로 이어져 있다. 이곳 도대리 마을은 이 지역 산세의 한 가운데 쯤 위치해 있다. 명지산 봉우리는 셋. 산길은 동서남북 어디에서든 여럿 열려 있었다.

5월의 산행은 청려淸麗한 숲 속을 걷는 기분이리라. 이제 무성하게 자란 풀과 거칠게 어우러진 덤불, 왕성한 식욕을 뽐내며 거쿨지게 자란 교목들. 이들로 인해 어둑하게 드리워진 그늘. 푸른빛이 감도는 가운데 햇살이 너울대는 시원한 그늘 밑을 지나가노라면 우리는 잠시 무구한 동심의 세계로 떠밀려가는 듯하다. 산길은 수량이 풍부한 깊고, 넓은 계곡을 따라 계속 이어지고 있다. 곳곳에 하얀 물거품을 일으키며 소리치며 흐르는 계곡의 맑은 물. 내 가슴팍 속을 꿰뚫으며 지나가기도 한다. 길섶에 드문드문 활짝 피어난 흰 꽃들의 향내가 바람에 실려 내 코끝에도 스쳐 지나간다. 흰 나비들은 너울너울 춤을 추다 하늘 속으로 사라졌다가는 다시 어느결에 우리 곁에 다시 나타나 나풀거린다. 움푹 팬 계곡의 작은 물웅덩이의 매끈한 수면 위로 가벼운 미풍이 분다. 그 잔물결 위로 황금빛 햇살이 부서져 내리고 있다. 발같이 들이내리운 나뭇잎들 저 너머에선 강렬한 햇볕이 눈부시게 내리 쪼이고 있다. 하나 숲 속은 풍성하고, 서늘하고, 맑기만 하다. 휴식 차 길섶에 잠시 앉아 있으니 바위틈에서 간간이 떨어지는 희미한 물방울 소리가 들려온다. 적막 속에 가만히 귀를 기울인다. 문득 내가 까마득한 태고의 시간 속으로 떨어져 들어가는 느낌이다. 사방은 마치 해저처럼 괴괴한 분위기로 느껴진다. 시공간이 끊어진 듯, 오랜만에 맛보는 지극히 평화로운 마음에 온갖 번뇌가 다 녹아들어 가는 것만 같다. 참선하는 마음이 어디 따로 있겠나. 순간의 경험이지만 내면에서 확장되며 깊어지는 그 고요는 참으로 생생하기만 했다. 함께 앉아 쉬고 있던 친구의 다시 올라가자는 말소리에 놀라, 나는 그제 서야 비로소 '현실'을 체감한다. 그런데 이때 한순간이지만 모든 '현실'이 마치 영화 속 같다는 생각이 스치며 지나간다. 그리고 우리가 함부로 남용하는 말, 함부로 남용하는 생각들. 그 '말과 생각의 사치'에서 벗어나야만 온전한 삶을 누릴 수 있으리란 생각도 들었다.

오르는 산길에 서 있는 나무들에게 누가 목걸이 모양, 간단히 그 나무의 이름과 특성을 써놨다. 까치박달나무, 층층나무, 물푸레나무, 산뽕나무, 신갈나무, 단풍나무, 느릅나무, 가래나무. 다들 그만 그만하다. 그런가 하면 피부가 허름한 너와지붕처럼 헐벗겨진 물박달나무, 나무 등걸이 가래떡처럼 매끈하게 보이는 쪽동백나무나 서어나무, 소태나무가 눈에 띈다. 소나무들은 언제 어느 곳에서 보더라도 의연한 그 모습이 믿음직스럽다. 때 묻지 않은 단아한 선비의 자태를 보는 것만 같다. 온갖 나무들은 모두 하늘로 향해 뻗어 나가 있지만 가지들은 다 같이 비슷한 높이에서 함께 어우러져 노래하고 있다. 나뭇가지들이 바람에 몸을 맡긴 채 이리저리 자유롭게 흔들리는 모습. 마치 세상만사가 '다 그렇고, 그러할 뿐이라'며 부정 아닌 긍정을 하는 몸짓이지 싶다. 잎들은 서로 다른 잎들 위에 엷은 그림자들을 드리우며 겹겹이 포개진 모습이다. 나뭇잎들은 작은 바람에 흔들리면서도 제자리에서 말끔한 모습으로 한가로운 소요를 하고 있다. 명상적 삶의 모습이 어떠해야 하는지를 대신 말해주는 것만 같다. 계곡 쪽 비탈에 줄지어 자란 광대싸리, 조록싸리, 국수나무 같은 관목들의 소리 없는 아우성. 그중에서 뿌리가 약한지, 속이 한참 비어 있는 국수나무를 보니 좀 쓸쓸해 보인다. 그러나 이들도 보이지 않는 소망들을 담고 살아가리라. 멀리 산비탈에는 군데군데 잣나무 군群이 형성돼 있다. 잣나무들은 늠름한 푸른 기상으로 팔들을 벌리고 있는데 그 모습은 마치 그 누구의 것도 아닌 이 산을 그들이 굳건히 지키겠다는 의지의 현현顯現으로만 보인다.

　한참을 왔건만 아직도 정상까지는 한 참을 더 가야 한단다. 두 다리는 벌써 피곤하다며 칭얼댄다. 아야, 뭐 정상까지 꼭 가야 할 필요가 있겠나. 혹시 '정상'이란 게 우리가 정복해야 할 대상이기에 정상이라 이름 붙인 것은 아닌가? 하하, 물론 그렇지는 않을 것이다. 그렇지만 몸이 하는 말, '그만 내려가자'는 거다. 무슨 목표를 세우고 어디를 향해 가야만 하는 유람이 도대체 말이 되는가. 가는 그 과정에서 충분히 즐거운 시간을 보냈다면 그것으로 오케이다. 인생 그 자체에 목표를 세운다는 일도 사실은 가당치 않은 일 아닌가. 주어진 상황에 의지해 뭐든 나름 정하면 그 또한 도道 아니겠는가, 하는 생각이다.

내려가며 돌투성이의 산길을 가끔 뒤돌아본다. 많은 사람이 오르내리다 닦여진 구불구불한 이 산길. 분명 이 길은 과거의 길이었고, 현재의 길이기도 하고, 또 누군가를 위한 미래의 길이기도 할 것이다. 그리고 어느 길이 됐건 누군가 그 길을 지나가고 나면 뒤에 아무런 흔적을 찾을 수가 없다. 해서 늘 모든 길은 텅 비어 있는 것이리라.

우리가 걸어온 산길을 뒤에 남겨두고 우리는 각자 무심으로 고개를 숙인 채 타박타박 말없이 걸어 내려왔다. 산 어귀에 이르자 신기루 같은 더운 열기의 아지랑이가 혹 불어왔다. 쌓인 피로와 갈증 때문에 시원한 계곡물 속으로 풍덩 들어가 보고 싶었으나 편안한 땅 위에 도착한 안도감이 더 큰 위로가 됐다. 하나 번잡한 시내로 돌아갈 생각을 하니, 설명할 수 없는 미묘한 좌절감이 벌써 가슴 속에서 일렁이기 시작한다.

옛 시골 이발소의 추억

어릴 적 추억을 더듬다 보면, 옛 시골 이발소의 풍경이 삼삼하게 떠오를 때가 있다. 1960년대 초 무렵 우리의 시골은 거의 초가집 일색. 우리 동네 이발소 역시 초가집에 허름하게 유리창이 끼워진, 드르륵 소리 나는 미닫이 문짝의 집이던 기억이다. 이발소 안살림이야 지금 눈으로 보자면, 보잘것없고 초라해 보일 뿐이다. 하나 당시 다른 초가의 어두컴컴하고 남루했던 살림에 비하자면, 그곳은 맑게 닦인 유리창을 통해 안까지 햇빛이 환하게 들어와 정겹고 포근한 느낌을 주었다. 안에 들어서면 향긋한 비누냄새에 따듯한 사람의 체온 같은 것도 느껴졌다.

어머니의 손에 이끌려 왔던가. 어른용 나무의자라, 그 팔걸이에 빨래판 같은 반질반질한 송판을 올려놓은 뒤, 거기 앉혀졌다. 과묵한 인상의 이발소 아저씨가 흰 광목천으로 몸을 푹신 덮으면서부터,

이제 모든 절차에는 순종해야 한다는 함의가 흠씬 전해진다. 아마 그 후 어른 사회에 대한 입문도 이처럼 어떤 비의를 숨긴 채, 엄숙한 자세로 스스로 익혀가야 했던 것 같다. 난로 위 주전자 물이 끓는다. 내뿜는 뿌연 수증기로 유리창엔 김이 서린다. 유리에 맺혔던 식은 땀방울 같은 물방울들은 무거워지면, 주르륵 흘러내리다 삭아, 힘없는 나무 창틀을 맥없이 계속 적시며 흘러넘치는 것이었다. 그때의 삶, 모두 그처럼 순박한 무명無明의 삶이었다. 낯선 손님들은 시무룩하게 무얼 기다리는 모습. 아이들은 신성한 의례의 공간에 온 듯, 신중하면서도 서먹해하는 표정이었다. 아이들의 머리는 예외 없이 빡빡머리. 관리의 편안함, 오랜 있다 다시 깎을 수 있다는 내구성도 있어서였다. 정말이지 그 시절 문명의 이기로 보였던, 그 바리캉으로 머리통을 이리저리 굴리며 문질러 댈 때, 간혹 졸면서도 나는 정화의 빛나는 의식에 참여하였던 것이고. 성숙한, 자존감도 성취했던 기분이었다. 또 이발소 안 '성화'도 잊히지 않는다. 앞 거울 위에 나란히 걸려있는 그림들. 하나는 낡은 난간 위에 하얀 레이스 차림의 날개 접은 천사가 사랑인가, 구원인가의 손길을 내밀고 있다. 아름다운 금발의 머리 위엔 도넛 모양의 흰빛 둥근 테가 떠있어, 영락없이 하느님의 심부름꾼임을 알아챌 수 있다. 그 옆. 구름 틈새로 하얀빛이 곧장 땅으로 내리비치고, 그 빛 향해 무릎 꿇고 기도하는 어린 소녀를 그린 그림이다. 하느님 마음을 엿보게 하는 이 경건한 그림들 앞에, 아이라면 누구든 숙연해져야 했다. 엄마에게 징징댔던

일, 괜스레 아지랑이처럼 떠오르는 죄책감들. 주눅이 든 채, 속으로 고백도 했으리라.

이 원초적 기억들은 나이 들어서도 내 의식에 생생히 살아있는 것이다. 그 영향 탓인가. 중학 시절 다빈치의 명작, 모나리자를 문득 보았을 때, 그 어둑한 분위기에 치렁치렁 긴 머리칼 내린 채, 눈썹도 없는 문둥이 같은 여인이 야릇한 미소 짓는 걸 보고 모두 감탄했다는 소리였다. 비록 미술에 아득했던 나였지만, 그때 참 희한한 소리로 들렸던 기억이다. 미소라 하면 옛 이발소 그림 속 천사의 미소 말고는, 우리 반가사유상의 미소야말로 제일 그윽한 미소 아니던가. (으음 그런데, 수월관음도의 그 무량한 미소는 또 어찌할꼬!) 지금도 그 자리의 교동 이발소. 그 성상이 무려 60년!

달터 공원을 오가며

저녁 퇴근길. 달터 공원의 낮고 긴 능선을 타고 매봉역까지 타박타박 걸어서 간다. 숲길은 한적하고 고요하다. 늘 신선하고 맑은 공기를 품고 있다. 이 길 걷다 보면 어느새 몸도 마음도 가뿐해지고, 삶에 대한 온전한 마음까지 은밀하게 일깨운다. 숲 속에 잠입되어 너그러운 그 향기에 젖다 보면 어느 땐 거의 시공의 감각까지 잃는 듯하다. 이런 걸 두고 때 묻지 않은 행복이라 해야 하나? 모르겠다.

요즘 들어 이 숲 속 공기는 한결 서늘해졌다. 하나 한낮엔 아직도 여전히 햇볕이 따사롭기만 하다. 해질 무렵 서쪽 하늘가에 속노란 사과 속 과즙 향기가 은은하게 번져 감을 본다. 저 멀리 기울어가는 연한 황금빛의 노을을 보면, 인생이란 걸 어디엔 가에 고스란히 내맡기고, 검박하게 살고 싶은 생각도 일어나는 것이다.

올여름은 이상 기후 탓인지, 느닷없이 봄을 허물어뜨리더니 금세 뜨거워지기 시작했다. 하지만 그것도 잠시. 하늘이 무너져라 줄곧 비만 내렸다. 한여름 눅눅하고 뒤숭숭해진 마음엔 흰 곰팡이들만 잔뜩 피워낸 기분이었다. 그 새 물가 도둑들만이 기승을 부렸고, 머리만 뜨거워진 세상이 됐다. 지구 곳곳 탐욕의 자본주의와 사회적 정의에 대한 갈망으로 여전히 혼침昏沈이다. 지구 곳곳 변화에 대한 외침 가득하다. 누구든 축축한 마음에 열병을 앓은 느낌이었으리라.

이 숲속 어느 늙은 왕벚나무는 이미 잎사귀들이 누렇게 변했고, 군데군데 헐벗은 시든 빈 가지들이 줄지어 있다. 상수리나무 잎들은 메말라 작은 바람에도 바삭거리는 소리를 내고 있다. 바로 얼마 전까지 마치 먼 별들의 울림처럼 간간이 들려오던 풀벌레 울음소리도 이젠 들려오지 않는다. 벤치에 앉으니 문득 혼자만의 그윽한 외로움이 다가온다. 하늘을 바라다본다. 옛적부터 흘러다니던 정취 가득한 흰 구름이 높다랗게 떠있다. 내 어릴 적부터 저러한 망아忘我의 상태를 동경해 왔던가. 이 허허로움에 옛 소망들을 돌이켜 본다. 그 모두 흘러간 꿈같지만 아주 허망하기만 한 것은 아니다. 삶이란 속성이 본래 그런 것 아닌가. 고요 속에 던져진 채 나는 모든 판단과 생각을 멈추고, 명료한 의식 같은 파란 하늘 속에 잠겨 본다. 아씨시의 성 프란체스코가 했던 말, "세상을 마치 헐렁한 옷처럼 걸쳐 입고"가 홀연 떠오르는 것이다.

마음을 오로지하여 늘 평화로운 마음에 머물 수 있다면, 그게 바로 행복. 세상에 온 이유이기도 하리. 세상이 어찌 돌아가든, 그 '세상 이치'에 몸과 마음을 내맡겨 두고, 스스로를 돌아가게 함이다. 어디 인과의 법칙에서 벗어나는 일이 있었던가. 밖이 어지럽다고 부화뇌동할 일 없겠다. 그러므로 '뚜렷한 이 고요의 마음'을 언제나 마음속 깊이 환히 밝히고 살 일이다.

이따금 바람에 섬세한 유희를 하는 마른 아카시아 나뭇잎 소리가 건너온다. 서늘한 나무 그림자들, 스러져 가는 빛들과 마지막 조우를 하는데 저것 또한 하나의 아름다운 몰입이다. 멀리 바람이 일어 숲은 잠시 술렁댄다. 모든 것은 가늘고, 거칠게 부딪는 소리를 내면서도 합창의 율동으로 몸짓한다. 빈 하늘에 목판화처럼 박혀있는 나뭇가지들. 있는 그대로 드러남이 가장 아름다운 것임을 말한다. 지나온 삶, 내 마음의 거울에 비춰보니 모두가 엉터리 삼류 영화였음에 실소한다. 그때그때 자유나 행복을 바라는 마음이었겠지만, 그 모두가 물거품처럼만 보인다. 세상이 지금 여기선 멀지도 않지만, 가깝지도 않아 보인다. 이 삶은 분명 홀로그램처럼 떠 있는 것이다. 어디선가 가느다란 한줄기 물소리, 맑게 들려오고 있다.

물질이니, 명예니 그 이름들은 단지
내가 걸쳐 입은 옷과 같은 것

내가 죽는 날이 오면
걸쳐 입었던 것들 훌훌 벗어 놓은 뒤

하늘을 나는 새의 발자국을 찾을 수 있는가, 하고
자녀들에게 유언 같은 질문을 남기리라.

나를 감상하다

　작년 봄인가. 세종문화회관에서 스티브 맥커리의 사진전을 본 게. 그때의 감회, 아직도 잊히지 않는다. 인도, 파키스탄 같은 나라의 오지를 찾아 그곳 가난하나 천연의 삶을, 그 아름다운 혼까지 깊이 담아내 찍은 작품들. 어느 작품을 보나 저기가 바로, 아니 그래서 우리가 사는 이곳이 바로 천국 아닌가 하는 생각을 불러일으켰다. 보는 시각에 따라 사물은 저리 확연 다르게 보일 수도 있는 거였다. 암튼 그의 작품 중 아직 뇌리를 떠나지 않는 게 있다. 어느 이슬람교 성지를 향해 수 킬로미터나 되는 구불구불한 언덕길이 펼쳐져 있고, 흰 옷 입은 사람들이 줄지어 걸어가는 원경의 모습이다. 그 사진을 멀뚱멀뚱하게 들여다보는데 돌연 그만 내가 그 작품으로 들어가, 그 군중의 일원이 돼버린 상상을 하게 된 것이다. 즉 그 순례의 길에 직접 내가 동참하고 있다는 상상과 동시에 그 광경을 사진을 통해 지금 여기서 들여다보고 있는, 다른 내가 있었던 형국인 셈이었다. 조용한 몰입의 감정이었다. 다음, 다른 작품 앞에서도 똑같이 동참의 환幻과 함께 그걸 지켜보는 나를 다시 겪게 된다. 예컨대 어느 촌로가 어린 손녀를 다정히 안고 있는 사진을 보면, 바로 그 촌로와 내가 동일체가 되는 의도적인 체험이다. 하면 내가 그 어린 손녀의 가녀린 마음까지 보듬어 주는듯한 느낌도 뒤따랐다. 상상은 사뭇 철학이 됐다. 이윽고 내가 사진 속 그 누구인 것이고, 사진 속 그 누구 역시 나란 생각의 수렴이다. 저곳에서 태어났다면 내가 그였을 테고, 여기서 태어나 사니 지금의 나 일 뿐인 거다. 해서 여기, 이 순간 사진 속이나 밖, 과거와 현재도 둘 아니었다. 이렇듯 보는 마음이 달라지면, 세상도 그에 따라 되비쳐질 수 있다는 것 또한 사실일 것이다. 그러므로 이런 심법 논리도 가능해진다. 세상 사람들이 모두 타인으로 보이지만, 수많은 '나'로 생각할 수도 있다는 거다. 그 각자의 '나'란, 그 '누구'라 하는 이름표만 붙여진 셈이다. 소위 정체성이란 개체로서 그의 에고(자아)의 특별한 경험, 더하기 그 가족이나 사회에서의 어떤 위치성만을 단지 말해 줄 뿐이다. 일찍이 눈, 귀, 코, 살덩이와 뼈는 똑같이 배분되었던 바고 이리저리 잘났든 못났든, 세상 살다가 그 기능이 다하면 다시 흙으로 돌려줘야 하는 건 매양 똑같은 입장이다. 그러므로 타인은 결코 낯선 타인이 아니다. 모두가 낯익은 타인이다. 그러면 죽음은 뭔가. 진정 영혼 같은 건 없나. 사후엔 아무 쓸모 없는 무無의 세계로 돌아가는 건가. 아닐 것이다. 20g

정도 에너지 체의 영혼은 우리가 모르는 이 거대 우주, 다층복합체의 시스템에서 그 운명의 행로가 있을 거였다. 우주 역사가 진화를 밟는다면, 삶과 죽음을 되풀이하는 이 생명체의 의식에도 궁극의 진화를 위한 의지가 있으리라. 따라서 환생과 윤회가 있어야 마땅했다. 수 없는 윤회의 삶에서 새로운 경험과 그 창조를 통해, 존재의 의미가 더 깊고 풍요해지리라.

오늘도 깨어있는 삶이어야 한다. 시원도 시간도 모르는 이 우주에서, '나'는 '누군가'의 삶을 대신 살고 있을지도 모른다. 깊은 밤 잠시 자리 떠나, 큰곰자리 근처에 홀로그램처럼 유영하던 어느 영혼이 지구 위 나를 그리 감상하다.

목욕탕에서의 사색

 등산을 다녀와 막걸리를 두어 잔 걸친 뒤, 목욕탕엘 들르곤 한다. 하산 뒤에 땀내가 밴 몸을 말끔히 씻겨 내고, 단단히 굳은 하체 근육을 풀어 주는 일. 뿐인가. 정신도 바짝 드는 느낌이고, 죄의 허물도 벗겨 낸 기분에 무슨 고마움까지 더해지니, 하산 뒤 목욕탕 가는 일 자체가 하나의 즐거운 취미가 된 셈이다.

 그처럼 목욕탕에 다니던 어느 날, 주말이라 그런지 그날 따라 목욕탕 안은 사람들로 좀 붐볐다. 쏟아지는 샤워기 물에 몸을 씻는 이들, 여기저기 물은 사방으로 튀고, 온탕에선 물이 벅차오르는 소리, 냉탕에는 아이들의 물장구치는 소리, 바닥 수챗구멍으로 휩쓸려 들어가는 요란한 물소리. 환풍기가 힘겹게 돌아가는 소리. 마치 붐비는 저녁 시장통에 온 것처럼 산만하고 소란스런 분위기였다. 그럼에도 내면에선 어떤 고요가 일정 자리 잡고 있다는 느낌도 든다. 그래서인가. 탕 안에 조심스레 몸을 담근 뒤, 자연스레 눈을 지긋이 감게 된다. 하면, 잠시 호흡도 가다듬게 된다. 소란함 속에 이런 상상을 했다. "지금 나는 산중 어느 계곡에 와 있음이고, 주변은 온통 계곡에서 흘러나오는 물소리로 가득하다." 자연, 냉탕 쪽 천장에서 직각으로 떨어지는 건 직방 폭포였다. 곁의 물가에선 물장구치며 노는 아이들의 쾌활한 웃음소리가 들려온다. 소란함은 어느새 안온한 분위기로 바뀌었다. 사우나 속은 몸으로 고해성사라도 하는 양, 누군가 뜨거운 열기 속에 줄줄 땀 흘리고 있다. 체내의 '나쁜' 것들 빠져나가라며, 주문도 외는 모습이다. 한껏 집중력을 발휘해 때를 미는 사람, 물컹물컹한 몸을 간이침대에 눕혀 태평하게 코를 고는 사람, 안마탕에선 물 펌프에서 들이미는 물줄기에 엉덩이를 갖다 대고 끙끙거리는 노인. 아무튼 그 몸에 무슨 안녕을 기원하는 역력한 눈빛이었다.

그런 것인가. 여긴 모두가 벌거숭이, 몸뚱이뿐인 세상. 무슨 명예나, 재산, 자존심 같은 것들은 모두 밖에 맡겨두었다. 더 깊이 따지자면, 이름도 밖에 둔 채, 몸만 갖고 들어온 셈이다. 아무렴 아이들부터 노인에 이르기까지 모두 평등한 입장일 수밖에 없는 곳이다. 지금, 여기에선 갖고 있는 게 몸뿐이어서, 아니 생각까지 모두 무장해제가 되어서, 이 소란스러움 속에서도 어떤 일관된 침묵에 모두 동참하고 있다는 생각에 잠기는 것이다. 어찌 보면 희뿌연 수증기 속에 생명체라고 하는 것들이 유령 같은 몸을 입고, 분주하게 왔다

갔다 하는 모습으로도 비친다. 모두가 '평등한' 이 분위기 속에 침잠하다, 문득 나는 나를 잃어버리고 말았다. '똑같이, 완벽하게, 평등한' 이 세계에서 '나'라고 하는 개체 의식이 수증기 속에 슬며시 사라지는 느낌. 모두와 하나가 되는 느낌. 평온한 느낌이었다. 나와 너는 둘이지만, 결국 인간들 모두는 하나라는 의식이었다. 우주 전체의 모든 생명에 대한 공명으로도 통했다. 어쩌랴, 그 하나의 '생명'에서 이렇듯 여러 인간들이 다투어 나온 것이다. 말짱한 정신으로 이런 '환상'에 젖다 보니, 아만我慢의 세상에 서글픈 마음도 드는 것이다. 아직도 '나'란 생각에 집착하여 살고 있음에 대한 어리석음. 입가에 야릇한 미소가 묻어났다. 그렇다. 물끄러미, 이 세상은 분명 꿈이었다. 목욕탕을 나와 집으로 가는 도중, 걸어가면서도 잠시 '누가' 가는지 모를 지경이었다.

숯가마에서

숯가마에 둘러 몸을 두세 번 푹 삶아보는 일. 심신이 개운해진다. 사람이 붐비지 않는 주중의 늦저녁. 야외 숲 속 숯가마는 혼자서 은일하게 청량한 시간을 보내기엔 안성맞춤인 곳이다. 그날도 무료함을 달랠 겸 발걸음을 그리로 돌렸다. 어두컴컴한 토굴 속에 들어서니 여러 아낙네들만 둘러앉아 있었다. 미온의 토굴이라 비실비실 흘리는 땀을 훔쳐내며 이들의 수다는 시간 가는 줄 모른다. 조만간 조용해지지 싶었다. 하나 낯선 남자 하나쯤은 안중에도 없는지 아니면 친정집에라도 온 듯, 부끄럼을 모르는 저 용감한 아낙네들은 주저리주저리 얘기가 나선형으로 계속 이어지는 것이었다. 차라리 귀 기울여 들어보겠다는 자세로 마음 바꿔야 했다.

한 여인네 왈, 자기 시모가 참 영특하고 활달하다는 찬탄이다. 시모는 초등학교도 제대로 못 마쳤다. 40대에 남편과 사별했다. 그간 음식 장사하며 혼자 4남매를 키웠다. 50대 무렵 사고로 다리를 심하게 다쳤는데 설상가상 그 무렵 장남이 교통사고로 유명을 달리했다. 크나큰 슬픔이었다. 제 가슴속에 아직도 그를 묻고 산다. 수년 전엔 둘째 아들이 이혼을 당했단다. 그 며느리가 바람이 나, 도망간 걸로 추정한다. 시모가 가슴 아픈 지난 얘기를 풀어놓을라치면, 신세 한탄에 눈물범벅이다. 그렇긴 해도 그 새 재롱떠는 손자를 보면 금세 눈물 뚝 그치고 깔깔 웃어댄다. 막내며느리인 그녀가 곁에서 보기에 아직 때 묻지 않은 소녀의 모습이다. 시모가 귀엽고 너무 순수해 보인다는 것이다. 불행은 불행대로, 그것 또한 하늘이 주신 거고 어쩔 수 없는 거라, 그렇게 믿고 산다. 살아있음에 강한 긍정을 하며 지낸다.

옆의 다른 아낙은 제 시누이가 참 힘들게 산다고 되뇐다. 일류대학 나오고 외국에 유학 가 박사까지 땄단다. 집안도 넉넉할 뿐 아니라 주위 식구들은 다 잘 나갔다. 이혼 후유증 탓도 있지만, 그녀는 늘 시무룩한 표정이다. 아직도 엘리트 의식에 빠져 헤매고 있는지, 남과 비교를 하는 습관이 몸에 뱄다. 도무지 남을 인정하거나 칭찬해주는 소리를 들어 본 적이 없다. 세상일에 대한 그 똑똑한 비판의 자세가 제 존재감을 드러내는 유일한 방도로만 보인다. 사업 부진에 갑갑해진 그 마음도 결국 자신이 이 사회에 희생된 탓이라 말한다. 한국 남자들, 여성을 배려하는 마음이 없다는 소리도 잦다.(이건 맞는 소리 아닌가?) 하나 덜 배우고 좀 모자란다 싶은 올케가 보기엔,

그저 안타깝다는 생각밖에 안 든다.

중·장년 여성들의 삶은 크게 두 가지 부류로 보인다. 과거의 드라마를 갖고 어떤 식으로든 솔직한 감정으로 풀어헤치기도 하면서 삶을 긍정하는·타입. 그리고 과거의 상처를 안고, 그걸 숨긴 채 그 상처를 의도적으로 무시하려는 타입의 여성도 있다. 상처를 무시할수록 그 상처는 더 커져서 곪게 돼 있다. 강한 자기애自己愛 때문에 받아들이기 어렵겠지만, 사실 대부분 상처는 스스로 자초한 탓이다. 또 아픔이 있다는 건 그것이 치유되기를 바라는, 속마음의 깊은 염원의 반영이기도 하다. 여러 번 깊이 살펴봐야 할 일이다. 무슨 자산처럼 여기는 자부심, 자존심 같은 것도 사실은 허영의 하나 아닌가.

물은 다투지 않고 낮은 데로 흘러 만물을 적시며 기른다는데, 우리의 마음 내려놓기는 왜 그리 어려운 일인가. 인생이 별건가. 이 배움의 학교에서 살다 어느 날 몸을 버리고 훌쩍 떠나버리면 그만이다. 이 삶에 무슨 의미 부여로 애를 쓰는 일이 요즘 나로선 무의미하게만 보인다.

포토메일 감상문

가까운 선배 의사로부터 포토 메일을 받은 지가 일 년도 넘는다. 거의 매일 두세 건의 두툼한 분량이다. 점심 무렵이면 이젠 습관처럼 아예 포토 감상 시간을 갖곤 한다. 그 내용 중 더러는 내셔널 지오그래피에서 옮겨온 것도 있다. 하나 대부분 그 출처를 알 수가 없다. 허블 망원경으로 촬영된 우주의 휘황찬란한 광경, 아프리카나 남미의 비경에서부터 각종 희한한 마술쇼, 유럽 유명 미술관을 옮겨 놓은 갤러리, 아프가니스탄 등 피폐한 나라에서 그 영혼까지 찍은 듯한 애잔한 삶의 감동적인 모습들. 스토리텔링을 곁들인 각종 풍경들. 그동안 그 종류는 이루다 헤아릴 수 없을 정도다. 그런 기막힌 풍광들을 자주 보다 보면, 늘 세계 여행 중이라는 생각이 들기도 한다. 비록 정지된 화면 이긴 하나 대 자연과 우주의 숨결 속에 잠시 홀로 서 있음의 삼매경에 들면 사람의 말이란 게 하등 필요치 않음이고, 살아있음 그 자체가 대단한 은혜인 것으로도 다가온다. 정밀하며 순수한 빛깔을 띤 꽃의 자태는 또 어떠한가. 아무리 작은 미생물이며 생명 없어 보이는 광물의 세계도 깊이, 확대해 들어가면 놀라운 그 신비로운 모습에 무어라 말이 떨어지지 않게 된다. 인간사에서 아무리 고상한 삶이 있더라도, 이런 것에 비하면 모두가 시시해 보이기만 하는 것이다. 자연과 우주에 대한 명상에 절로 잠김은 잠시 우리를 전체적인 삶에 참여하도록 가르치는 바가 있다. '인간 중심주의적'인 인식의 틀에서 잠시 벗어남도 특별한 정신적 위안이다.

최근 일련의 포토 메일 가운데 또 다른 감동을 받은 일이 있다. 세상에 이미 널리 알려진 얘기지만, 지금에 다시 새롭기만 하다. 헬렌 켈러의 「사흘만 볼 수 있다면……」이란 에세이 한 토막이다. 1933년. 시각, 청각 장애인이었던 그녀가 만일 단 사흘만 볼 수 있다면, 하는 가정하에 쓴 글이다. "첫째 날엔 친절과 겸손과 우정으로 내 삶을 가치 있게 해준 설리번 선생님을 찾아가, 이제껏 손끝으로만 알던 그 얼굴을 몇 시간이고 물끄러미 바라보며, 그 모습을 내 마음속에 깊이 간직하겠다. 그리고 밖에 나가 바람에 나풀거리는 아름다운 나뭇잎과 들꽃을 그리고 석양에 빛나는 노을을 보고 싶다. 둘째 날엔 먼동이 트며 밤이 낮으로 바뀌는 웅장한 기적을 보고 서둘러 메트로폴리탄 박물관을 찾아가 온종일 인간이 진화해온 궤적을 눈으로 확인하고, 저녁엔 보석 같은 밤하늘의 별들을 바라보며…… 셋째 날엔

낮에 사람들이 일하며 살아가는 모습을 보기 위해 아침 일찍 큰길에 나가 그 표정을 볼 것이다. 나를 이 사흘 동안 만이라도 볼 수 있게 해 주신 하느님께 감사의 기도를 드리고, 다시 영원의 암흑세계로 돌아가겠다." 이번엔 나 자신이 헬렌 켈러의 마음속으로 들어가 다시 느껴 본 것이다. 이제껏 잘못 살아왔다는 생각이 물밀 듯이 사무치며 떠오른다. 의학이나 예술, 세상사에 대해 뭘 좀 안다고. 하, 그 얼마나 웃지 못할 희비극의 삶이었나. 어찌 됐든 잡담으로 전철된 삶 아니었던가. 못내 부끄러웠다. 무엇에든 신세를 진 삶에 감사를 못 느낀다면 그 역시 부끄러운 일이리라. 단순하고, 소박한 삶에 대한 동경이 일었다. 포토메일 천사 최중언 교수님, 감사합니다.

대욱이형, 인환이형

"인내는 쓰다. 그러나 그 열매는 달다.", "삶이 그대를 속일지라도 슬퍼하거나, 노여워하지 말라."(푸시킨) 언젠가 어디서 많이 보았던 구절들이다.

초등학교 고학년 무렵이었을 게다. 이런 표어들은 우리 집 방안의 허름한 벽 위에도 붙어 있었다. 아마 우리 집에서 하숙하던 대욱이 형이나 인환이 형이 붙여 놓았지 싶다. 1960년대 초. 한국전쟁을 겪은 피난민들이 점차 안정을 찾기 시작했을 그 무렵, 모든 부모들의 염원은 가난에서 하루빨리 벗어나는 것이었다. 해서 부모들은 무엇보다 먼저 자식 공부에 온갖 정성을 쏟아야 했다. 자식들이 공부를 잘해 나중에 출세라도 하면, 내심 노후에 그 덕도 볼 수 있으려니와 주변에 그런 자식 자랑 늘어놓는 게 적잖은 보람으로도 여겨졌을 터였다. 하나 무슨 요령이 있었겠나. 어려운 형편임에도 부모들은 앞

뒤 따지지 않고 소 팔고, 땅 팔아 자식 대학 등록금을 대기에 주름살이 깊어만 갔다. 어린 나이에 나는 곁에서 어른들의 그런 얘기를 들을 때마다 안타깝다는 생각이 들었다. 하지만 공부를 잘하는 자식을 둔 아버지들의 근심 속엔 은근히 자부심 같은 것이 내비쳐짐도 느꼈다.

두 형들의 부모인들 그 속사정이 어찌 다를 수 있었겠는가. 역시 저러한 부모의 속마음을 가슴 시리게 알고 있던 형들은 고달픈 타향살이에, 고학苦學인이요, 과외도 모르는 고학孤學인일 수밖에 없었다. 형들은 자연히 내핍 생활에 달관해야 했고 무슨 일이건 묵묵히 기다리고, 소리 없이 인내해야 하는 법을 체득할 수밖에 없었다. 함께 지내다 보니 그런 정서에 나도 얼마간 학습된 듯싶다. 그 무렵, 고진감래苦盡甘來라는 한자말을 인환이 형이 풀이해줘, 어렴풋하게나마 그 정서를 알아들었던 기억이다. 또 정복자 나폴레옹이 어느 날 자만심에 넘쳐 내지른, "내 사전에 불가능은 없다"는 표어는 미숙한 자아에게 강한 자기 암시의 작용으로 형들에게 간혹 위로를 줬을 법도 했다.

그 후 그간 떨어져 살면서, 나는 내 어머니로부터 간간이 형들의 소식을 전해 들었을 뿐이다. 이제 두 분 다 70을 바라본다. 재작년인가, 나는 대욱이 형 딸의 결혼에 주례를 서 준 적이 있다. 형은 손자를 서너 명까지 둔 어엿한 할아버지인데, 얼굴을 보면 옛 청년 시절의 풋풋하고 순박한 모습 그대로다. 만날 때의 정서도 옛날 그대로

여서 도무지 할아버지로 보이지 않는 것이다. 인환이 형이야 좀 늙수그레한 인상이지만 원래 젊어서부터 애늙은이로 보였기에 아직도 나이에 비해 그리 늙어 보이는 편은 아니다. 그런데 형들은 정작 내가 "이렇게 늙었냐?" 하며 반색을 한다. 이 무슨 조화인가.

형들의 부모는 자식들에 대해 고진감래의 마음만 갖고, 고생만 하며 살았으나 이미 유명을 달리한 지 오래. 어느새 형들은 그 부모의 나이에 이르고 만 것이다. 우리의 어머니의 어머니들이 그러했고, 우리의 아버지의 아버지들의 삶이 다 그러했을 것이다. 하나 생전엔 모두 나름대로 희망의 꽃을 피우려는, 남모르는 꿈도 가졌을 것이다.

한국의 부모들은 인류학자 M.미드가 지적했듯, 같은 혈통의 자식을 통해 영원히 살 수 있을 거란 믿음을 갖고 있었는지 모른다. 망자를 위한 제사祭祀는 살아 있는 자식을 통해 음식과 제의를 받는 일이다. 이는 곧 부모―자식이 영원히 공생할 수 있음을 뜻하는 행동 아닌가. 문화적 유전체일 것이다. 그러나 형들은 부모로부터 물려받은 그런 유전인자 외에, 다른 형질의 유전인자도 지닌 듯하다. 어려웠던 지난 하숙 시절 내 어머니가 잘 보살펴 준 그 은덕을 잊지 않은 이유도 있어서일 게다. 하지만 근 50년 가까이 명절 때는 물론 내 어머니의 생신까지 꼬박 잊지 않고, 무슨 때가 되면 당신들의 자녀들, 손자들까지 데려와 인사를 드리게 하고. 수시로 내 어머니에게 용돈까지 챙겨 드린다. 이 오랜 정情과 성誠을 어찌 말해야 좋은가.

어머니는 가끔 한탄조로 혼자 그렇게 중얼거리신다. 곁의 나는 목석처럼 할 말이 없다. 형들을 보면 나는 그간에 정신적으로 너무 사치스러웠다는 생각에 민망함이 앞서고…… 형들을 생각하면 옛 글귀처럼 '인자무적仁者無敵'이란 말이 실감도 나고…… 형들이 그저 갸륵하고, 고맙기만 하다.

개와 인생

내 병원에서 매봉역까지 오가는 길에 달터 공원이 있다. 공원 야산의 긴 능선을 쭉 따라가면 40여 분 정도의 시간이 걸린다. 오전엔 사람이 뜸한 편이지만 퇴근 무렵 그 길을 걷다 보면 개를 끌고 산책하는 아낙네들을 자주 보게 된다. 대부분이 '강아지'형 애완견들이다. 어느 아낙네는 세 마리, 네 마리씩 끌고 다닌다. 성대수술을 해서인지, 환경적응을 잘해서인지 그 많은 애완견이 지나감을 보아도, 소리를 지르는 개는 없다. 중간마다 벤치에 개를 모셔놓고, 대화하는 소리도 들린다. "너 그러면 땅에 내려놓을 거야", "쉬하고 싶어?", "기분 좋아?" 개와 주인과의 관계를 곁에서 슬쩍 훔쳐보면, 분명 개를 사람과 동일시하는 경향이 물씬 느껴지는 것이다. 무슨 힐난의 의미는 없다. 숲 속을 산책하는 즐거움을 느껴서인지, 종종걸음의 개들은 한결 발걸음이 가볍다. 깨끗한 털빛에 또랑또랑한 맑은 그 눈을 보자면, 예쁜 인형 같아만 보인다.

우리나라에 현재 개를 키우는 인구가 1천만 명이 넘는다고 한다. 이를 무슨 현상이라 불러야 하나. 고독한 인간들이 많아 감정의 배출구 역할로 애완견을 키우는 것인지. 아니면 웰빙의 원천으로서 애완견을 사랑해주는 가운데, 제 사랑을 확인하고 싶어 하는 사람이 그토록 많다는 방증인지. 어떻든 많은 사람이 개를 키우는 걸 보면, 간단치 않은 동기들이 여럿 숨어있음이 틀림없을 게다.

개를 키워본 사람이라면 먼저 개와의 관계는 참으로 '순수한' 관계임을 안다. 개는 주인에게 이래라저래라 하는 명령이나 어떤 불평도 하질 않는다. 주인에게 어떤 비난도 하지 않는다. 어쩌다 핍박이나 일시 학대를 받았을지라도 쉽게 망각하여, 주인과 마주 대할 땐 꼬리를 흔들며 다시 새로운 관계로 몰입하는 경향을 보이고 있다. 그때마다 본능에 따라 행동하며, 그에 충실해 주는 것도 순수한 모습의 하나다. 개다운 부분이 사람의 본성적 부분을 대신 드러내 주어, 쉽게 공감이 되기도 한다. 그런 공감으로 점차 관계가 돈독해지면, 주인은 자연스레 개를 의인화하는 단계로 넘어가게 된다. 한 식구 개념으로 정착된다는 의미다. 알다시피 개에게 관심을 주고, 칭찬해 주거나 하면 개는 기꺼이 이를 반긴다. 분위기를 알아차리고는, 스스럼없이 재롱을 떨기도 한다. 사랑의 봉사가 마치 개 자신의 의무라도 되는 양 말이다. 유구한 세월 사람과 같이 지내온, 그 진화의 결과이기도 하지만 이렇듯 개는 사람과 사랑을 나누는 역할로, 사람에게 봉사를 해왔음이 틀림없다. 개는 또 사람과 협력할 줄 알고 의사소통을 하는 능력도 갖추고 있다. 훈련을 받은 개는 말 할 것도 없지만, 오랫동안 친밀하게 정을 나눠왔던 개는 주인의 눈짓, 몸짓, 목소리나 쓰다듬는 손길만으로도 주인의 감성이나 의도가 무언지를 충분히 안다. 이런 특성까지 아는 주인은 개에게는 뭔가 인간적인 것이 있다고까지 믿기도 한다. 개는 주인의 마음 의도에 따라 예상되는 행동을 알아채기도 하고, 주는 음식에 감사할 줄도 안다. 모든 개는 주인에게 충직한 게 그 본성이다. 감사, 충직의 마음 외에 주인이 슬프거나 외로울 때에는 이를 알아채, 얼굴을 혀로 핥는 등 그 주인을 위해 위무도 해줄 줄 안다.

타인과 어울리지 못하거나 사회와 격리된 삶을 사는 이에겐 개가 정말로 사람과의 감정교류를 대신해주기도 한다. 현대 소비사회에서 이웃관계가 소원해진 사람들에게 개는 변치 않는 관심과 사랑의 메신저로서, 더 나아가 '항우울제' 라는 '현실 도피적'인 치료제로서 그 기능도 있다고 봄이다.

프랑스 철학자 볼테르는 "사람(세상)을 알면 알수록 개를 더 좋아하게 된다."고 말했다. 사람(세상)에 대해서는 갈수록 실망이나 좌절을 겪을 수 있다. 그러나 충직과 사랑의 변심이 없는 개에 대해서는 갈수록 더 신뢰가 간다. 그런 뜻의 표현이다.

어떤 철학자는 개들을 좋아함으로써, 세상이 더 나아질 수 있을 거라 믿기도 한다. 그러므로 개를 좋아하는 게 단지 퇴행심리의 반영이라고 이해하는 것은 섣부른 정신분석학적 판단이며 부분적인 이해일 수밖에 없다. 하지만 개를 키우는 동기에 있어, 모두가 다 그런 플라토닉한 사랑에 수렴하는 것을 아닐 터다. 공원의 어느 아낙네는 생활의 관심사가 온통 개에게 쏠려있다는 인상을 준다. 벤치에 앉아 1시간, 2시간이고 자기 개가 어떠어떠했다는 얘기만을 끊임없이 되뇐다. 상대도 자신의 개에 대한 얘기가 주된 주제다. 그런 아낙네가 주섬주섬 얘기하는 걸 얼핏 추려보면, 개는 아예 인간에게 노예로 살기로 작정 돼 있는 동물로 취급되고 있다. 원래 가축이 다 인간에게서 그런 취급을 받을 운명이지만, '인간화'된 애완견에 대해서도 그런 인식이 재삼 확인돼서다. 물론 자기성찰 능력이 없는 개가 그리 취급당한다 해도 개 스스로 무슨 반항이나 역정을 낼 리는 없다. 다만 개를 사람과 동일시하면서, 자신의 애정결핍을 온통 개에게 투사하는 그 애착 심리에 무리가 있는 건 아닌가, 우려스럽다. 자신의 사랑을 얻기 위해 개를 이용하는 건 아닌가 하는 생각도 드는 것이다. 어린아이처럼 구는 개를 놓고, 그리 집착하는 것이 행여 인간관계에서의 중요한 문제로부터의 도피는 아닌지, 좀 슬프다는 생각도 든다. 개를 위해서만 애정을 소진하는 인생이라면, 이 역시 하나의 중독현상 아니겠는가.

또 다른 문제 하나. 요즘 일부 청소년들은 애견을 애지중지 키우다, 싫증 나면 길에다 몰래 버리기까지 한단다. 애견을 무슨 로봇 장난감으로까지 취급해서다. 차라리 이럴 때 대비해서, 동물보호센터 같은 곳에서 '조건 없이' 버려질 애완견을, 조건 없이 맡아봄이 어떨까 싶다. 널리 홍보를 해서 외로운 노인들이나 애완 키우기를 바라는 이에게 그런 개를 건네줄 수 있는 네트워크 프로그램이 활성화된다면 더 좋지 않을까 싶다.

애정의 부재로 마음이 어둡거나, 무감동한 노인들, 사회적 접촉이 드문 장애인들에겐 애견을 키우는 일 자체가 심신의 건강에 매우 유익하다는 것은 익히 알려진 사실이다. 애견뿐 아니라 식물을 포함, 다른 생명체를 돌보는 일 자체가 인간에겐 커다란 치유적 의미가 있다. '남'을 돕는다는 일을 통해, 스스로를 돕는 의미도 있으려니와 더불어 자존감도 회복될 수 있겠다. '남'을 돕는 일 역시 인간 본래의 신성한 본성 중 하나일 것이다.

척독尺牘 문학, 오늘에 비추어 보니

조선 시대에 상대에게 안부를 묻거나 소식을 간략하게 적어 보내는 편지를 일컬어 서신書信 혹은 서찰書札이라 했다. 순 우리말로는 글월이다. 그 '틀'을 중요시한 우리의 유교 문화권인 까닭이어서, 서신이든 서찰이든 거기엔 지배적인 글쓰기의 패턴이 있게 마련이었다. 논리 정연한 고문古文의 형식, 그런 전범을 참고해야 했다. 그런데 조선 후기에 이르러 이런 형식의 서신에서 벗어나 새로운 형태의 서신이 출현하였으니, 이를 다른 말로 척독尺牘이란다. 평소 마음 터놓고 지내는 상대에게 신변잡기나 일상의 사소한 이야기를 전하려는 것이로되, 그 모양이 쉽고, 간소한 편지 형식인 것이다. 요즘 생각으로 보면 편지란 게 의당 그런 거 아니겠느냐 싶지만, 그 당시로써는 구각舊殼을 탈피한, 편지형식에서의 파격적인 변화였던 것이다. 요즘 시대의 감각이라면 척독이란 이메일로 친구나 가족에게

제 생각이나 소식을 편한 마음으로, 짧은 편지 형식으로 보내는 것쯤으로 봐도 될 성싶다.

이 분야 쪽, 연구를 정진해 온 강혜선 교수는 척독의 예를 소개한다. 관념적 담론보다 그들 생활의 소박한 체험에서 묻어 나오는 참신한 감성이나 아름다운 정취가 묻은 내용이다. 짧은 글의 소품이지만, 정情과 경景이 자연스레 어우러져 있다. 초기의 대표적 척독으로『서암집恕菴集』에 나온 신정하申精夏의 작품을 소개한다.

밤비가 아침까지 내렸습니다. 오동잎 소리를 들으며 잤는데, 깨어나니 정신이 아주 맑아졌습니다. 다만 한 가지 걱정이 끝내 석량정夕凉亭 아래 흰 연꽃에 붙어 있습니다. 아침에 일어나서 아직 아래로 내려가 보지 못했는데, 남은 가지는 여전히 괜찮은지 모르겠습니다.

석량정이란 풍류를 함께 하였던 그의 벗, 김창업과 자주 만나던 장소다. 같이 연못의 연꽃을 보며 즐거운 담론을 나누곤 했다. 흰 연꽃이 봄비에 떨어져 버리지는 않았는지 은근한 걱정을 말하며, 벗의 안부를 묻는 것이며, 다시 만나고 싶다는 전언의 비유인 것이다.

연등제 저녁 문득 비가 개니 절기가 매우 아름답군요. 그대는 혹 좋은 시로 이 아름다운 절기에 화답을 하였는지요? 아우들은 모두 등불을 보러 백악에 올라가고, 나만 홀로 눈을 감고 빈방에 남았답니다.

이 역시 벗에게 보낸 편지다. 연등제 날 주위의 떠들썩한 분위기. 그러나 그는 조용하고 고즈넉한 심경에 있음을 벗에게 전한다. 자신과 경물에 대한 감성적 표현으로 그리움을 대신 표현한 것으로 보인다. 긴 여운이 감도는 짧은 편지가 아닐 수 없다.

……대체로 처음에 나루터 길이 막혔을 때 우회로를 찾는 것을 조심하였었지. 그런데 이 정자를 만나고 보니 주인에게 거절당할까 근심하게 되었단다. 주인의 환대를 받고 보니 이제는 하인들이 내가 머물러 있는 것을 원망할까 근심하였다. 그런데 가만히 보니, 몇몇 하인들은 말을 풀밭에 풀어놓고서 앵두나무 아래 흩어져 가서 돌아오기를 잊은 채 마음대로 앵두를 따 먹고 있었단다. 이런 여러 일들이 모두 갖추어진 뒤, 비로소 나는 행차(여행)가 즐겁다는 것을 깨달았다. 世路(세상일)의 평탄함과 험난함, 인간사의 기쁨과 근심이 본래 마음을 쓴다고 구해지는 것도 아니고, 마음을 쓴다고 어긋나는 것도 아닌가 싶다…… 두 아이는 밤사이 모두 아무런 탈이 없는지? 병이 있는지 자주 살펴보고 좋은 의원을 청해 치료하여라, 아주 아름답고 아주 아름답다.

이런 글은 척독과 에세이 형식을 결합한, 좀 긴 편지의 꼴이다. 그래도 그 기본은 척독과 유사한 문체라 보는 것이다.

다음, 허균許筠의 척독 작품이다.

형이 강도江都에 계실 때에는, 1년에 두어 차례 서울에 오시면 곧 저의 집에 머무르며 술을 마시고 시를 읊었으니 인간 세상에서 매우 즐거웠던 일이었네…. 못에는 물결이 출렁이고 버들 빛은 한창 푸르며, 연꽃은 붉은 꽃잎이 반쯤 피었고 녹음은 푸른 일산에 은은히 비치는데 이 가운데 마침 동동주를 빚어서 젖빛처럼 하얀 술이 동이에 넘실대니, 곧 오셔서 맛보시기 바라네. 바람 잘 드는 마루를 벌써 쓸어놓고 기다리네.

……바라건대 형은 차분하고 너그럽게 마음을 가질 것이며, 조급하게 행동하지 마시게. 앞길이 만 리라 하더라도 또한 타고난 운명이 있는 법이며, 괴상한 행동으로 요행하게 얻을 수 없는 것은 공명功名이네. 속담에 '바삐 먹으면 목에 걸린다'고 하였으니 이 말은 비록 비속하지만 큰 의미를 깨우치게 하네.

처마의 빗물은 쓸쓸하게 떨어지고 향로의 향냄새 살살 풍기는데 지금 두서너 친구들과 소매 걷고 맨발 벗은 채, 방석에 기대어 하얀 연꽃 곁에서 참외를 쪼개 먹으며, 번뇌를 씻어볼까 하네. 이런 때에 우리 여인汝仁이 없어서는 안 되겠네. 자네의 늙은 아내가 반드시 으르렁대며 자네의 얼굴을 고양이 상판으로 만들 것이나, 늙었다고 두려워 위축되지 말게.

연암 박지원의 척독 작품도 잘 알려져 있다.

마을의 어린이에게 천자문을 가르쳐 주다가, 읽기를 싫어해서는 안된다고 나무랐더니, 그 애가 하는 말이 "하늘을 보니 푸르고 푸른데 하늘 '천天'이란 글자는 왜 푸르지 않습니까? 이 때문에 싫어하는 겁니다."

하였소. 이 아이의 총명이 창힐蒼頡로 하여금 기가 죽게 하는 것이 아니겠소.(창힐이란, 중국 전설에서 한자의 창조자로 알려진 사람을 말함.)

척독이란 이처럼 짧은 편폭에 지극히 일상적인 사적 이야기를 가까운 이에게 친근하게, 전달해 준 편지, 또는 기행문이나 에세이 성격의 글이다.

이런 내용의 글을 여기에 소개함은 다름 아니다. 요즘 세상은 10대 시절부터 사람 눈길을 피해, 혼자서만 열심히 휴대전화로 토닥거리는 게 하나의 라이프 스타일이 됐다. 성인들도 크게 다르지 않다. 밤새 의자에 구부정한 자세로 앉아 말장난 유의 채팅이나 별 의미도 없는 메시지를 주고받으며 시간을 허비하는 경우가 적지 않다. 자라나는 청소년들은 고전을 포함한 양서를 잘 읽지 않는단다. 컴퓨터로 토닥거리는 일에만 익숙해, 글씨를 써도 초등학생 수준 이하로 엉망이라 한다. 이런 현상을 두고 디지털 치매라 부르는 사람도 있다. 이러다간 아이들이 선대의 문화나 그 정신으로부터 단절되지 않을까 심히 우려된다.

독서 문화의 새로운 발흥發興을 기대해본다. 부모 역시 아이들에게 독서를 적극 독려해야 한다. 학교 교육의 특별 프로그램으로서 고전이나 양서를 억지로라도 읽혀야 하지 않나 하는 생각이다. 정규 학습 과정에서 독서토론 시간도 할애가 돼야 마땅하다. 감상문을 직접 펜으로 쓰되, 바른 문법이 뭔지도 아는 교육이 뒤따라야 할 것이다. 알다시피 바른 사고는 일찍부터 그처럼 올바른 '독서치료'를 통해서야 가능하지 않겠는가.

옛 선조가 남겨 놓은 척독 문학에서 몸소 그 글쓰기의 자세도 배워 봄 직하다. 우리의 이메일 쓰기나 휴대폰 문자 쓰기 문화에도 참신한 변화를 기대해 본다. 짧은 글에도 유머와 더불어 그 정취나 그윽한 정서를 느낄 수 있도록 말이다. 아주 아름답고, 아주 아름다운 일이다.

Part 5

'성찰'에 대하여

'성찰'에 대하여

버스터미널에 나와 시골집으로 갈 버스를 기다리는 노인. 긴 의자에 홀로 앉아 유리창 밖 풍경을 멍하니 응시하고 있다. 80세가 넘어 보이나 여느 시골 노인네 모양 남루한 옷차림이다. 병약해 보인다. 다른 의자엔 젊은 사람들이 두어 셋 모여 앉아 있는데, 그 노인 옆은 빈자리다. 시간이 좀 지나도 그 노인 옆자리엔 사람들이 좀체 앉으려 하지 않을 기색이다.

이런 모습의 관찰에 따른 연상이다. 그 노인을 바라보는 다른 사람의 시각에 대해서다. 몇 가지 부류가 떠오른다. 혹자는 그를 더럽거나 지저분한 존재로 생각할 것이다. 가난해 뵈는 행색으로 보아 불쌍하고 외로운 노인으로 여길 수도 있다. 막연히 노인에 대한 두려움이나 부정적 감정을 가진 이, 또는 옆에 있다가는 그 노인이 별 쓸데없는 말을 늘어놓을까 봐, 진즉에 귀찮아 거리를 두려는 이도 있을 법하다. 갈 데가 없어 배회하는 '위험한' 노인쯤으로 생각이 스치는 이도 있겠다. 그런가 하면 이런 노인을 보고 우리 사회가 어떤 좋은 복지 혜택이라도 있어야겠다는 생각을 여는 이도 있을 듯하다. 또 순진한 호기심을 갖고 다가가 군말이라도 친근하게 나누려는 이도 있겠다.

이런 노인의 상황이든 어떤 다른 현실적 상황이든, 이를 보는 관점에서 사람들 속마음의 반응은 이렇듯 엇갈리며 각양각색이리라. 그리고 각기 관점의 차이는 통칭 '의식 수준'의 차이라 불러도 무방할 게다.

한편 거꾸로 입장을 바꿔 노인이 바라보는 견해도 가정된다. 그 노인은 어떤 사람에게선 신뢰감, 따뜻함 같은 것을 느낄 테고. 어떤 이에게선 두려움이나 냉랭한 기운 같은 것을 느낀다. 노인은 어떤 경우 불편한 상대에 대해 좀 화가 날 수도 있고, 무덤덤한 태도다. 다른 경우 기쁘게도 느낄 수 있다. 간추려 보자면 우리가 어떻게 생각하고 반응하느냐에 따라, 그 대가가 그대로 고스란히 되돌아온다는 설명이다. 해서 다른 사람의 언행에 대해 우리가 어느 수준으로 반응해야 하는 지, 그게 정말로 쉬운 일이 아님을 실감케 한다.

누구나 가진 사람의 그 '의식'이란 것은 본래부터 다 깨끗하고 순수한 그 무엇 아니었겠는가. 하나 살다 보면 우리의 그 의식이란 바탕 위에는 태생부터 지금까지 죄의식이니, 미워함이니, 잡다한 앎, 여러 개인적 경험에서 나온 감정이나 기억의 덩어리가 움직여 채색

된다. 그리고 각자는 채색된 그 의식을 바탕으로, 자기의 세상 경험에서 나온 생각만이 정확한 거라 믿는 경향이 높다. 당연한 인과困果다. 그리하여 예컨대 뭘 좀 배웠다는 사람일수록, 내가 뭘 잘 안다는 자존심을 굳건히 지키려, '부정적인' 방어책에 쓸데없는 힘을 많이 쏟는 경우가 있다. 남에게 쉽게 투사하려는 경향은 에고(자아)의 본래 습성이기도 하다. 하나 쉽게 남 탓하는 것도 사실 깊이 살펴보면 내 문제일 때가 많다. 이런 까닭에 사물을 바라봄에 '있는 그대로' 본다는 일이 실상 매우 어렵다는 거다.

흔히 인간관계나 일상의 대화에서 겸손이라든가 이해심이 강조되는데, 알다시피 그런 연유의 관계 때문이다. 에고에 대한 그런 이해의 바탕이 없는 사람은 으레 오만이나 자만심이 가득한 사람으로 비칠 수 있다. 사실 우리의 일거수일투족에 의미 없는 행동이란 없다. 하여 스스로 '자연'에 비추어 그날그날의 행동에서 모자란 점 또는 넘쳤던 점은 없었는지 살펴보는 일은 매우 의미 깊고 소중한 일로 생각된다. 수시로 자신의 의식 또는 마음에 투영된 사물의 모습이나 여러 사념을 조용히 응시해 보는 습관, 그것만으로도 '성찰'의 가치는 충분하리라.

탐욕이 과장 포장되고 정당화되는 세상이다. 자아도취와 자아분열이 혼재돼 있다. 그 근저엔 물론 두려움이 크게 작동한다. 해서 인간관계에서 여러 잘못된 '반응'들이 얼마든 예견된다. 갈등들의 중첩 현상, 이른바 카르마(업)만 더욱더 쌓을 뿐이다.

성찰이란, 다른 말로는 그 조용한 응시를 통해, 자기의식의 어두운 창고에서 튀어나올지 모를 사념에도 빛을 비춰주는 일이기도 하다. 내 마음속에 일어나는 느낌이나 생각을 자주 관찰자로서 살펴보는 일도 포함된다. 무엇이 '사실'인지는, 사실 다른 사람에 대한 공감이나 주의 깊은 경청이 없다면 알기 어렵다는 것도 마땅한 이치다. 이 모든 성찰이나 인식의 주체가 '(주인) 없음'이란 데까지 이르면, 감히 하늘의 도道에 근접했다고도 볼 수 있다.

'성찰'에 대하여

TV와 행복지수

    고등학교 3년생인 딸이 일요일 아침 무슨 프로그램을 볼 게 있다며 TV를 켜려 했다. 갑자기 지지직거리는 소리와 함께 화면이 잡히질 않는다. 곁에 있던 엄마가 전부터 화질이 안 좋았는데, 망가진 것 같다며 수리를 걱정했다. 딸은 "그럴 필요 없어, 안 봐도 돼"라고 즉각 응답했다. 작년까지만 해도 사소한 일로 짜증을 곧잘 부리던 딸애였다. 한데 달라진 느낌이다. 응답하는 말의 품세에서 편안하게 수용하는 부드러운 목소리를 체감해서였다. 어느새 성숙해진 것이다. 딸은 소파에 앉으며 친절하게 자기 해설도 덧붙인다. "TV라는 게 자꾸 보면, 물건 같은 것, 자꾸 사도록 끌어대는 게 있어. 여자들 옷차림 같은 패션을 표준화시켜서, 그런 옷 입도록 유행시키잖아. 그러니까 남들하고, 자꾸 그런 쪽으로 비교하게 되고. 몸매에 대해서도 그래. 꿀벅지 얘기를 퍼뜨려서, 거기에 미달하면 열등감 느끼게 하고 말이야. 요즘은 가슴도 크고, 애 띈 얼굴(속칭, '베이글'-베이비 형 얼굴에, 글래머형이라서)이 미인의 표준인 양 떠들어 대는 거야. 여자들끼리도 겉모습으로 자꾸 우열을 가리는 경향이 많아. 당연히 열패감을 느끼는 사람도 많겠지. 요즘은 눈, 코 수술은 기본이고, 뱃살, 다리 살, 안면윤곽 등 고칠 수 있으면 다 고치려고 난리야. 부모들도 동조해 주는 것이고."

딸이 이만큼 커졌나. 엄마는 고개 끄떡이며, 그냥 즐겁게 듣기만 했다. TV가 청소년의 소비심리를 충동질시키는 그 영향에 대해 이처럼 잘 요약된 표현이 더 있겠나 싶었다.

아닌 게 아니라, 최근 일부 언론 보도에서 보듯, TV가 사람들의 생활 만족도에 큰 영향을 준다는 보고다. 불교 국가인 부탄. 2000년 초반 수백 달러에 불과했던 개인 소득이 최근 연 5천 달러로 급성장했다. 2006년 행복지수는 세계 8위. 그러나 그 후 산간 마을까지 TV가 보급되면서 의식이 달라지기 시작했단다. 종교와 농사만 알던 사람들이 TV를 통해 딴 세상을 두루 알게 됐다. TV를 보며, 갖고 싶은 것, 하고 싶은 것들이 많아졌다. 경제적 여유가 생기면서부터 예전보다 훨씬 더 불평불만도 많아졌단다. 올해는 행복지수가 17위로 떨어졌다.(참고, 우리나라는 세계 18위) 얼마 전엔 정신과 의사가 처음으로 개업을 했다는 전언이다.

육체를 갖고 사는 한, 대부분 사람은 육체와 자기를 동일시하기 마련이다. 불교를 깊이 믿는다 해서, 보통 사람들의 그 심성까지 크게 바뀌기는 어려운 노릇이다. 뇌신경 가운데 타인의 행동을 보면, 그것과 같이 모방하려는 거울 신경세포가 천연적으로 작동하게 돼 있다는 뇌 과학 이론도 제시된다. 어찌 됐든 자아(에고)의 특성상, 조건 없이 자기가 잘나야 하고, 분별이나 비교를 함에서 그 우위에 서야 자부심이나 자존감이 앙양되는 기분을 느끼게 돼 있다. 오랫동안 별 비교를 안 하던 사회에서 함께 나누는 삶의 평화를 유지해왔건만, 일부에서 우열의 심리를 가르려는 바람이 불면, 순식간에 그것은 집단의 모방 심리로 확산 될 수 있다. 역시 어느 사회에서나 목격될 수 있는 공통된 집단 에고의 심리 현상이다.

TV 매체 속에서 떠들어대는 광고들의 소비 촉진 심리도 무시 못한다. 드라마 속에 드러나는 부富에 대한 열망, 또 그 내용 속에 부추켜지는 갈등 심리의 확대나 조장으로, 정체감의 혼란이 옴도 충분히 예견된다. 대부분 그 갈등의 주된 내용은 돈, 권력, 지배, 편 가르기, 소유 등과 관련된 내용이다. TV란 잠재돼 있던 인간의 욕망을 더욱 일깨우고 부채질해, 결과적으로 '소비하는 인간'에 대한 동일시를 강화시키거나 그런 인간에 대한 부러움을 야기시킨다.

일반적으로 이런 현상은 대부분 비가역적일 것이다. 욕망은 새로운 다른 욕망을 불러일으키는 게 욕망의 본래의 특성이다. TV를 통해 암묵적으로 사회적 '동의'를 얻은 욕망은 개인에게 별 부담감도 지우지 않게 하고, 자유로운 욕망의 발산을 용인케 하며 이를 합리화시킨다. 물론 인간은 이를 다시 통제하려는 심리도 동시에 작동이 될 것이다. 또한, 그 욕망 발산의 자유에는 결국 형상이나 물질에 대한 집착이 필연적으로 뒤따르게 되는 것이니, 현실에서 욕구 충족이 제대로 안 되면 그에 따른 물질적, 심리적 갈등의 미해결로 생긴 불만은 그만큼 더 고조되기 마련인 것이다. 하여 다 같이 못살 때의 '평등한 행복감'이 서로 간의 '차이'에 대한 우월감으로 대체되니, 그만큼 더 불행해질 수밖에 없을 터다. 우리나라도 마찬가지였다. 1960년대 후반부터 우리는 현대화, 산업화의 과정을 겪으며 사람들의 욕망이 역동적이 되었고, 근면의 정신으로 상당한 부를 축적한 사람들이 많았다. 하나 그 이면엔 역시 TV 등 언론 매체의 영향으로 욕망의 무한 질주를 통한 '자유'에 대한 이상을 심어준 것의 영향을 인정하지 않을 수 없다. 또 이러한 기준의 보편화로 상대적 '사회적 약자'들이 양산돼, 자살자의 급증 등 적지 않은 그 후유증을 아직도 겪고 있다.

어느 시대, 어느 사회건 인간은 자신이 깨어나지 못하는 한, 그 불행의 해결을 찾으려는 시도에서 계속 또 다른 불행만을 야기시키는 일을 반복하고 있다.

TV가 잘못됐다는 얘기를 하려는 게 아니다. 알다시피 그것의 좋은 점도 무척 많다. 현대인이라면 이제 TV를 떠나 생활하기가 불가능한 상태에까지 이르렀다. 그러나 자라나는 청소년들이 TV 문화에 대해, 그것의 문제를 두고 진지하게 성찰하는 시간을 가졌으면 좋겠다는 생각이다.

앞서 언급한 고등학교 3년 여학생의 독백에서 알기 쉬운 말로 지적됐듯, 어느 나라든 상관없이 TV가 그 나라 문화의 왜곡된 '권력'으로 자리 잡기 전에 그리고 '소비주의'가 맹목의 신이나 신격화로 나아가기 전에, 함께 성찰할 수 있는 비판적 토론의 문화가 생겨나길 간절히 바라는 마음이다.

비록 부탄이 먼 남의 나라이지만, 행복했던 국민들이 점차 불행해지고 있다는 소식을 접하다 보니, 그게 전혀 남의 일 같지만은 않다는 소회다. 그들이 종교심을 바탕으로 새로운 코드의 행복 찾기가 이루어졌으면 하는 바람이다. 어느 곳에서 살든 그곳에 이런 여학생 같은 소수의 깨어있는 지혜로운 사람이 있다면, 그러한 사람들의 온전한 의도로 말미암아 세상은 조금씩 달라질 수 있겠구나 하는 생각이다.

개코원숭이 사회의 교훈

얼마 전 티브이를 통해 개코원숭이의 삶을 본 적이 있다. 무리지어 사는 이들 사회에서 가장 힘센 수컷이 암컷 8마리를 거느리며 사는 게 눈에 띄었다. 그 무리 중 우두머리는 바로 성적 지배권의 확보로 통했던 모양이다. 한데 그게 그리 오래가진 않았다. 2~3년 정도 지났을까. 우두머리의 성 능력이 점차 부실해진다. 이즈음 이를 알아챈 암컷 일부가 이 수컷에게서 등을 돌리기 시작한다. 때맞춰 주변 다른 수컷도 이런 상황을 눈치챈다. 이인자급 다른 수컷이 반란을 꿈꾼다. 일차 선제공격이 시도된다. 이때 우두머리는 싸우다 뒷걸음질치며 방어책으로 여러 암컷 무리에 들어가 피신한다. 암컷들을 그때까진 제 편으로 생각한 탓이다. 이인자는 이제 동료 수컷들을 부추겨 이심전심으로 합동 공세를 도모한다. 드디어 때를 잡았다. 선봉에 선 반란자는 다른 수컷들의 협력을 받아 총공세다. 우두머리는 절벽 아래까지 줄행랑이다. 몸엔 이미 상처투성이, 백기를 든 상태다. 일련의 사태를 지켜보던 암컷들은 이제 새 지배자를 순순히 받아들인다. 곧바로 승자는 여러 암컷과 성행위에 들어간다. 패배자는 마치 모든 걸 체념한 듯, 느긋한 태도다. 그 후에도 그는 무리에서 조용히 순응하며 지내는 것이다. 비록 우두머리가 바뀌긴 했지만, 바로 그 무렵부터 다른 수컷들은 새 우두머리를 예의 주시한다. 차기 권력을 노리며 이미 서열 다툼에 들어간다고 한다.

알다시피 영장류 일반에서 흔히 보는 현상이다. 동물 행태를 보면 일견 인간보다 한참 모자라고, 유치해 보이는 게 많다. 하나 좀 더 깊이 살펴보면 종족보존의 측면에서는 물론이고 나름대로 그 사회의 안정과 평화를 위해서는 그리할 수밖에 없음을 통감하게 된다. 유구한 세월 대자연의 세계에서 생존을 잇게 한 유전인자의 현명한 대처라 불러도 무방할 게다.

나는 그 다큐멘터리를 본 뒤, 사람 사회와 비교하려는 생각이 머리에서 맴돌았다. 개코원숭이 사회에서 '권력'이란 사람사회로 치면 부나 명예, 정치권력 또는 어느 사회의 지배적 이념 같은 것으로 봐도 될 것 같아서다. 그렇지 않은가. 통치나 관리 능력이 부실하다면 개코원숭이의 방식도 있겠으나 우리는 선거법이나 관련 제도를 따르는 것일 테고. 승패 결정이 나면 이에 깨끗이 승복하는 게 자연의 순리다. 달리 말해 동물 사회는 오랜 세월 진화를 거치며 갈고 닦은 생물학적 코드가 있고, 우리에겐 해당 사회적 코드 같은 게 있다고 봄이다.

　권력 이양기엔 동물 사회처럼 인간 사회도 불안정하긴 마찬가지다. 이념이나 무슨 정책을 내세워 으르렁대는 인간 사회 역시 지배 권력 쟁취 때문이다. 동물들의 권력 다툼은 단기간에 끝난다. 그 후론 다시 평화, 안정, 균형 잡힌 무리 사회로 되돌아온다. 동물 사회 시스템은 보는 시각에 따라 일당독재 체제나 공산체제로도 보이고, 단임제 민주 체제로도 보인다. 권력 투쟁 과정에서 동물에선 일정 '정의'가 뚜렷하다. 공존공생의 원리도 담겨있다. 인간들처럼 야망을 가장한 '의로운 분노'나, 인지 왜곡을 뻔뻔하게 합리화하는 비열한 사념이 없다. 인간 진화가 원숭이로부터라 하는데, 뭔가 잘못 진화된 인상이다.

걱정되는 청소년 욕 중독

　최근 정부 조사 결과 청소년 가운데 열에 일곱 명 정도가 매일 욕을 한다는 보고다. 인터넷에선 '욕배틀'이란 게임이 인기라는 보도도 접한다. 채팅이나 메신저에서 청소년들이 욕을 해대는 일이 거의 일상사처럼 돼버린 지금이다. 사실 사춘기 무렵의 청소년들이 일정 반항심을 언행으로 드러내는 일이 굳이 잘못된 현상이라 보긴 어렵다. 널리 보아 그 역시 정신적 성장통의 일환이기도 하다. 하나 인터넷 매체 등의 발달로 익명의 자유 발언이 난무해지면서, 욕 문화의 도가 점점 심해지는 것은 이제 사회적 병통으로까지 봐 지는 것이다.

　최근에 내가 겪은 상담 사례다. 10대에 욕을 입에 달고 살았던 20대 초반 여성의 술회다. "친할수록 욕을 더 잘하게 되요. 솔직하게 보이는 거 같고요. 센 사람으로 보이잖아요. 주목받고 싶은 생각도 있어서인가 봐요. 그런데 자꾸 욕을 해대는 생활 습관에 어떤 때는 그런 내 모습이 싫어요. TV 같은 거 보면, 정치인들이나 어른들도 치고박고 싸우고 욕도 많이 하잖아요. 청소년 시절에 저는 그런 어른들에 대한 반항심도 좀 껴있다는 마음도 있었어요. 우리 사회에 모범이 된 사람을 보고 싶은데…… 지금은 철이 들어서 그런지 덜 그런데, 요즘 중, 고등학생 말고, 초등학생들까지도 욕들을 너무 많이 해요"라고 한다.

하나 틀린 구석 없는 우리 청소년 욕 문화에 대한 나름의 풀이다. 알다시피 욕이 또래 청소년들 사이에 모방을 통해 확대 재생산되고 있음이다. 우리 경쟁 사회의 패배자로 남기 싫은 두려운 심정 때문에, 욕이라도 잘해서 센 사람으로나마 인정받고 싶은 욕구도 있다. 욕을 세게, 자주 하면, 거기에 담대한 마음이 깃들어 있어 보일 수도 있다. 욕쟁이 친구들한테 왕따 당하지 않고 동질감이나 어떤 존재감을 각인시키려는 의도도 있을 거다. 또 그 이면을 보면, 어른 세대에 대한 불신감이나 어린애 같은 투정도 얼마간 섞여 있다. 욕 중독에 걸린 당사자 역시 때로는 스스로가 바보 같다고 느끼는 경우가 많다. 욕 중독자의 공통으로 진정한 친구가 적고, 외로움이 많다는 점, 그리고 겉모습과 달리 마음속엔 의존적 성향이 높다. 현실 감각이 부족하거나 충동적이며 즉흥적인 면이 많다. 가정 내 부모와 의사소통이 원활하지 못한 점도 적지 않은 원인이다. 같은 부류의 친구들끼리 어울려 다니다 서로 간에 경쟁적 모방 심리를 통해 그런 습관이 배가되는 경우도 많다.

욕 습관 청소년의 마음속엔 달리 보면 독립된 한 인간으로 서 있고 싶다는 외침의 목소리도 담겨 있다. 하나 오랫동안 그 습관을 떨구어 내지 못하게 되면 결국 사회의 낙오자로 전락하지 않을까 걱정된다. 대부분 청소년은 성년이 되면서부터, 본격 사회생활에 접어들면서부터 그런 나쁜 습관의 강도가 상당 완화되곤 한다. 그럼에도 생각 없이 욕을 자주 지속적해서 내뱉다 보면, 주변과의 관계가 서로 물고, 뜯고, 뜯기는 관계로 이어지게 됨을 뻔히 바라보게 된다.

어느 욕 중독자의 고백이다.

"욕배틀 게임은요, 바보들끼리 바보의 왕을 뽑고는 속으로 키득키득 대는 거고, 서로 그런 걸로 위로 삼는 거와 같아요."

욕을 자주 하는 청소년은 잘난척하는 언행이나 거짓말도 은연중에 잘하게 돼 있다. 자만심 가득하고 병적 자존심을 지키려, 사실 그 속마음도 편치 않음이 분명하다. 부모 몰래 꾀를 잘 부리기도 한다.

어려서부터 가정 내에서 일부러라도 존댓말하는 습성을 부모들이 직접 보여줘야 할 것이다. 때늦은 감이 있으나 학교에서도 높임말을 서로 해보는 시간도 가져봄 직하다. 요즘 어느 학교에선 그런 교육과정을 도입해 학생들 스스로 자족감과 만족도가 높았다는 결과의 보고도 있다. 언어 습관이 얼마나 사람의 생각이나 인간관계에 큰 영향을 미치는지, 사춘기 무렵의 교육이 절실함은 두말할 여지가 없다. 높임말을 하는 가운데 스스로가 느끼게 되는바, 그 자존감이란 게 뭔지도 체득하게 된다. 아울러 그런 교육 과정에서 욕을 하지 않는 온화한 사람이 결코 나약한 사람이 아님을 상기시켜줄 필요도 있다.

행복 지수란 자존감이나 자족감과 매우 밀접한 관련이 있음은 우리가 모두 주지하는 바다.

아버지와 아들

아들의 나이 4~5세쯤 됐을 무렵. 제법 녀석은 남자다운 행동이 어떤 건지를 알아챈 것 같다. 씩씩한 행동, 나이에 안 어울리게 내는 걸쭉한 목소리, 이다음에 커서 용감한 어떤 영웅 같은 인물이 되겠다는 마음들이 그렇다. 아버지로서 나는 아들과 동류의 남자라는 의식도 자리 잡게 된다. 녀석을 '남자답게' 키워야 한다는 책임감 같은 걸 은근히 느끼게 된다. 녀석 역시 또래의 아이들과 마찬가지로 호기심이 넘친다. 몸과 마음이 근질근질해서, 생각이 꽂히는 대로 움직이고 싶어한다. 그 호기심 넘치는 생각이며 행동들이 더없이 귀엽고 예쁘게만 보이는 것이다. 이럴 땐 녀석이 뭘 하든, 거기서 나름대로 성취한 기분도 느껴야 잘 자랄 것 같다는 생각이 든다. 남자라고 하는 성 정체성뿐만 아니라 나름 배움에 대한 동기도 스스로 충분히 인지된 상태다. 뿐더러 아버지라는 남자를 통해 또는 즐겨보는 만화를 통해서나, 주변 사람들에 대한 관찰을 통해 남자로서의 어떤 동일성이나 동질성을 찾으려 암중모색도 하는 시절이다.

아마 영장류의 세계에선 대체로 이와 비슷한 양태가 흔히 관찰될 것이다. 새끼들이 그 어미나 아비의 행동을 유심히 관찰하고, 개체로서 어떻게 행동함이 좋은지를 모방하는 행동 말이다. 좀 더 새끼들이 자라면 수컷은 수컷대로, 암컷은 암컷대로의 역할 행동이 학습된다. 물론 여기엔 각 개체의 성호르몬이나 유전적 속성이 크게 작용하리라. 그러나 알다시피 사람의 경우엔 주어진 사회나 문화에서의 제반 속성들로 큰 영향을 받는다.

대체로 아이가 태어나면 엄마는 그를 안으로 끌어당기는 구심적 역할을 하고, 아빠는 그를 안에서 바깥세상으로 뻗어 나가게 하는 원심적 성격의 역할을 한다. 해서 태어난 아이는 먼저 엄마의 품속에서 젖을 먹고, 쓰다듬어지고, 보호받는다는 안정감을 느껴야 한다. 이곳이 곧 너의 세상이라는 것을 느끼도록 말이다. 그다음, 좀 더 자라면 아이는 엄마로부터 분리되는 경험을 한다. 사람의 경우 아이가 3~4세쯤 되면, 아이는 그 간 '타인' 같았던 아버지가 자신에게 관심을 두고 도움을 준다는 사실을 점차 확인하게 된다. 갈수록 그 믿음도 더해진다. 양육 과정에서 분명 아버지는 어머니와 그 색깔이 다르다. 어머니는 늙어 죽을 때까지 자녀와 대체로 항상恒常적인 관계, 즉 '어머니의 본래 모습'이 그대로 유지된다는 인상을 받게 된다. 한데 부-자의 관계는 아들이 보기에 처음엔 부차적 관계로만 보이다가, 점차 '파열적인' 방식의 교감이 두드러지게 된다. 다시 말해 아버지는 딸과의 관계와는 달리, 아들에 대해서는 보다 자극적이고, 활발하고, 새롭고, 예측 불가능한 방식으로 대하게 된다는 것이다. 아버지로서 바라는바, 흔히 아들에게는 모험심이나 도전 같은 정신을 일깨워 주려는 의도가 깊이 깔려 있겠다.

나는 녀석을 볼 때마다 뭔가 새로운 것을 가르쳐주고 싶은 장난기 어린 마음도 새록새록 새어 나왔다. 때론 녀석의 눈높이에 맞춰 말장난 같은 우스갯소리도 들려주곤 했다. 집에 일찍 들어온 날이면, 저녁밥을 먹기 전에 녀석은 내게 검질기게 어리광을 부리며 함께 놀자는 제안을 해 온다. "아빠, 우리 씨름 연습 좀 하자" "밖에 나가 야구 연습이나 하자." "차를 타고 아무 데나 놀러가자"는 제안을 과감하게 제시한다. 이제 '남자끼리'의 놀이는 그 재미나 묘미를 넘어, 녀석은 자신감, 자존감, 독립심 같은 것도 성취하는 기쁨을 맛보게 되는 것이다. 아들은 당시 아버지와 함께 놀며 경쟁심이 촉발되기도 했을 거고, 어느 땐 아버지를 남성의 표본 혹은 우상으로까지 상상했을 것이다. 반면 나는 아들과의 '퇴행적' 놀이를 통해, 즉 '내 어린 시절을 재경험'도 해보는 가운데 정서도 순화되는 기분이었으니 '아들 덕'도 적잖이 봤던 셈이다. 그리고 간혹 아들과 즐거운 놀이의 시간을 보내며 무구한 동심의 세계에 흠뻑 젖다 보면, 워즈워스의 시구처럼 "아이는 어른의 아버지"라는 말이 재삼 실감 나기도 했다.

내 유년 시절. 내 아버지는 사업차, 거의 도회지로 나가 지내기에 바빴다. 나는 또래의 아이들과 냇가로, 들로 나가 빈둥거리며 나돌아다니곤 했다. 돌이켜 보면 아버지가 나와 함께 놀아 준 기억이 별로 없다. 그렇다고 이에 무슨 불만이 있다는 뜻은 전혀 없다. 아버지역시 할아버지와의 관계에서도 이와 다르지 않았을 것이고, 그 할아버지는 내 증조할아버지와의 관계에서도 비슷한 양태로 그랬으리라본다. 우리의 문화적 유전체는 하나의 운명으로서 그리 받아들일 수밖에 없는 것이다. 당시 내 아버지는 가정의 책임자로서 양육에 대한 책임감은 하나의 도덕적 명제로서만 받아들였던 것이고, 그것의구체적 행동은 밖에 나가 돈을 벌어야만 한다는 논리였을 거다. 먹고 살기도 어려운 시절이었으니 생계유지에 대한 압박감은 요즘 시대 아버지들보다 훨씬 더 했으리라 생각된다. 내 아버지에 대한 이미지를 간단히 그려보자면, 자식 앞에서의 근엄한 분위기. 그리고간혹 성실하게, 정직하게 살라는 걸걸한 목소리의 일침 같은 소리만기억난다. 도대체 살갑거나 자상한 분위기 같은 건 느껴 본 적이없다. 지난 나를 회상해 보면, 내 젊은 날의 완고한 이분법적 사고방식이나 양심에 대한 집착 성향은 아버지의 그런 면모로 적지 않은영향을 받아서인 것 같다. 역시 유년 시절 아버지와 제대로 '놀지'를못했던 경험이 나중에 대인관계에서도 자유롭지 못하고, 내면에서도 여유롭지 못한 성격을 갖게 하지 않았나, 나는 그리 유추를 하곤한다.

현대의 심리학적 소견을 굳이 빌리지 않더라도 놀이는 분명 단순한 놀이 이상의 의미가 있음을 우리는 이해한다. 놀이는 발달 중인 아이의 감각-운동신경의 조화로운 조율을 활성화한다. 놀이관계를 통해 사람이나 사물의 이런 면, 저런 면도 있음을 알아채게 하는 경험도 갖게 하니, 놀이야말로 원만한 성격 형성이나 대인관계 발달에도 분명 큰 도움을 준다. 성인이 돼서도 성격이 지나치게 편향된 사람은 대체로 지난 시절 '제대로 놀 줄'을 몰랐던 경험 탓이 컸으리라. 부-자 간의 소통은 어려서의 '활발한 놀이'를 통해 이뤄짐이 기초가 될 것이다. 놀이를 통해 아이들은 유머도 배우게 된다. 사고의 유연성이나 자발성도 함께 발달할 수 있게 된다. 무엇보다 '놀이'는 아이들의 폭력성향도 조절토록 하는, 순기능의 정신구조를 갖게도 해 줄 것이다.

요즘 우리 사회의 문제로 의사소통 부재니, 이념 편향의 구태가 여전하다는 등의 문제를 지적하는 식자들이 많다. 나는 이러한 공통된 사회적 문제의 원인에 있어 상당 개인적 심리의 문제가 깔려 있어서인 까닭으로도 본다. 다름이 아니오라 다 어려서 제대로 그 아버지들과 '놀면서 배우지 못한' 그 경험의 부재 탓이 크리라 여겨지는 바다. 어려서의 그 놀이 경험에 대한 갈증은 성인이 되어서도 '반복 갈등'의 형태로 남아, 지나친 외도라든가 알코올 탐닉, 맹목적 권력에의 의지, 부에 대한 집착 같은 어른다운 놀이의 행태로 재반영이 되어 나타나게 된다. 그리하여 나는 그동안 살아져 왔던 우리 사회의 그늘진 모습들은 바로 우리 내면의 모습이 아니었는가 하는 생각이 도리 없이 드는 것이다.

이 때문에 먼저 우리는 앞서 모든 아버지들을 용서하고, 그다음 우리 스스로를 용서하고, 과거의 모든 나를 깨끗이 화장$_{火葬}$시키는, 마음의 정화 작업이 선행되어야하지 않나, 하는 생각도 드는 것이다.

어찌하면 우리 아이들을 잘 키울까?

나이 오십을 넘어서부터였던가. 길가 지나는 어린아이들을 바라 보면, '우리' 아이들이란 생각이 절로 떠오른다. 뒤뚱뒤뚱 걸으면서 티 없이 쾌활하게 웃는 그 모습을 보면, 기분이 흐뭇해진다. 아마 이런 기분의 기억 작용엔, 내가 키웠던 '내' 아이의 옛 모습이 겹쳐지기 때문도 있을 테고. 먼 과거 아무것도 모르고 뛰놀던, 그리운 내 유년의 모습이 함께 겹쳐진 덕도 있어서일 게다. 그리고 아무 때고, 어느 아이든 밝고 건강하게 자라줬으면 하는 바람 때문이기도 하다. 한데 간혹 이런 바람과 동시에 마음 한편 슬며시 어두운 그림자도 드리워진다. 저 애들 부모는 애들을 잘 기를 준비가 되어 있을까 하는 노파심 때문이다. 사실 갓 결혼한 젊은 부부 가운데 양육의 채비가 갖추어져 있는 사람이 얼마나 되겠는가? 그럴 것이다. 잘 키우려는 소망은 있되, 어떻게 해야 잘 키우는 건지 확신을 한 이는 별로 없을 것 같다.

내 어머니의 경우, 19세에 결혼했다. 쥐꼬리만 한 인생 경험뿐인데. 도대체 어떻게 키운 건가? 하늘의 '필연'으로 내가 태어난 것이기도 했지만, 어머니의 조건 없는 '애정'으로 무작정 길러진 것이었을 터다. 대지의 여신이 안겨준 그 위대한 모성애 덕이다. 하나 그런 애정 본능에 덧붙여 젊은 어머니는 양육에 대해 그간에 눈동냥 귀동냥해서 배운 것으로, 궁리도 해보며, 이리저리 애를 썼고, 자라나는 자식의 뒷모습을 보며 뭔가를 터득도 했을 거였다. 아버지의 윽박지름에도 어떤 일관성이 있는 것은 아니었을 것이다. 부모는 바르게 교육해야겠다는 압박감을 곧잘 느끼겠지만, 부모 역시 자신의 삶조차 '바르게' 이해할 수 없으니 답답한 노릇이 아니겠는가? 그때나 지금이나, 비록 좀 배웠다 하는 부모라 할지라도 매양 그 속사정은 대동소이하리라.

지금에 이런 빤한 이치를 다시 헤아려보는 이유는, 내 나이 오십 줄에 들어서서야, 비로소 어린애 같은 마음에서 좀 벗어난 것 같아서이다. 이즈음 내가 아이를 키운다면 제대로 돌볼 수 있겠구나 하는 마음도 든다. 사실 지난 시절 대가족 사회에서, 아이를 키운 건 직·간접으로 그 절반이 조부모의 역할이었지 싶다. 아이는 신체 튼튼한 부모에게서 낳아야 건강이 담보되겠지만, 기르는 과정에선 역시 삶의 지혜를 터득한 연장자도 바람직한 역할을 했을 것이다.

마크 트웨인은 "내가 19살이었을 때, 내 아버지는 아무것도 몰랐다. 내가 35살이 되니까, 나는 노인들이 그토록 많은 걸 깨우치고 있다는 걸 알고, 감탄했다."고 말한 적 있다. 그 배움이 모자랄지언정, 나이가 들어가면서 연장자들은 삶의 체험을 통해 뭐가 중요하고, 중요치 않은지를 체득해 나간다. 정직, 우정, 사랑, 관용, 용기 같은 것 말이다. 그래서 어떻게 키워짐이 바람직한지, 논리가 아닌, 그 '진리'를 몸과 마음으로 깨우친 것이다.

갈수록 원자화되고 있는 가족 구조, 왜곡된 모성애도 문제다. 지나친 간섭도 방기만큼이나 좋지 않다. 자녀를 지나치게 가족의 재산이나 개인 소유물로 여기는 풍토 역시 성장의 큰 장애 요소다. 우리 아이들이 맹꽁이 이기주의자로 자랄까 그 걱정이 앞선다. 여건이 된다면 사랑과 지혜를 나눠주는 연장자와 함께 자주 즐거운 시간을 나누는 것이 유익하다. 버릇없는 아이들이 양산되는 문제를 인식 못하는, 그 부모가 사실 더 큰 문제이긴 하지만.

소설 『파리 대왕』의 교훈

소년들을 태운 비행기가 적국 비행기의 요격을 받게 되자, 비행기는 어느 무인도에 불시착한다. 결국 십여 명의 소년들만 살아남게 됐다. 이후 아이들은 생존을 위해 갖가지 방법을 찾는다. 과일을 따 먹고, 낚시나 사냥으로 식량을 구한다. 생명원이랄 수 있는 불씨의 보존을 위해 최선을 다한다. 공중에 연기를 피우다 보면 구조될 가능성이 있겠다는 생각에서다. 처음 이들의 관계는 어수선했다. 성품도 제각각이었다. 의사 결정에 자주 이견이 충돌한다. 해서 아이들은 합의의 도출을 위해 나름의 회의 방식도 만들기로 한다. 지도자도 뽑는다. 먹을거리를 책임질 사냥 팀도 따로 만들기로 한다. 그리하여 안정되고 평화로운 관계가 유지되지 싶었다. 하나 '잭'이란 소년의 불만이 싹트기 시작한다. 근소한 표 차이로 그가 무리의 대표로 뽑히지 못했던 것이 동인動因이었다. 사실 '잭'은 자신이 제일 잘난 것 같고. 물렁물렁하고 나약해 보이는 평화주의자 '랠프'가 마음에 안 든다는 게 불만의 주된 동기였다. 불씨의 보존이나 사냥 문제에 대한 이견이 빌미가 된다. 대표로 뽑힌 '랠프'는 그에게 설득하지만 그는 막무가내다. 이견은 진영 논리에 의한 싸움으로 번져 나간다. 아이들은 이쪽, 저쪽으로 편이 갈라진다. 악의 상징인 '잭'은 상대 진영의 아이들에게 자기 쪽으로 오라고 압박한다. 결국 아이들은 두 진영으로 나뉜다. '잭'은 상대 진영의 아이들을 한 명씩 접근하여 자기네 쪽으로 오라고 설득도 하고 협박도 한다. 힘도 세고 폭력 성향이 강한 '잭'이 두렵긴 하다. 일부는 마지못해 그쪽으로 넘어간다. 한데 다른 아이 몇몇은 제 말이 잘 먹히지 않게 되자, 이윽고 살인까지 저지르게 된다. 두 명의 소년이 살해된다. 마지막에 혼자 남게 된 '랠프'는 목숨의 위협을 느낀다. 쫓기며 도망가다 그는 어느 해변에 다다른다. 그런데 마침 본국 정부에서 파견된 조난 구조대가 그를 우연히 발견하게 된다. 물론 뒤쫓던 다른 아이들도 구조가 된다. 이들은 모두 안도와 함께 슬픔과 후회의 눈물을 흘린다. 윌리엄 골딩의 소설 『파리 대왕』의 줄거리다.

'어른이 없는 사회'에서 한 무리의 아이들이 어떤 혼란스런 악몽을 꾸는지를 상징적으로 표현한 작품이다. 아이들은 무인도의 거친 자연 속에서 불안과 좌절과 공포를 겪는다. 무리를 이끌어 줄 '아버지 같은 존재'에 대한 갈망은 이윽고 멧돼지 머리를 우상 숭배하는 이교

異敎로까지 비약된다. 아마 그래야 그들이 안전을 보장받으리라는 환상의 충족도 가능했으리라. 물론 무인도에 불시착하기 전까지 이 아이들은 다 좋은 가정에서 자랐다. 하나 또래 집단이 무인도라는 섬에 아무런 '제어 장치'도 없이 방치되다 보니, 인간 내면에 도사린 악과 원시적 행동은 아무런 죄책감 없이 드러나고 저희끼리 합리화가 된다.

사실 더 깊이 살펴보면 이 소설은 무인도에 버려진 아이들의 심리나 그 행태만을 드러내려는 게 아니다. '어른'이나 '아버지'가 없는 아이들의 심리 저변의 이야기만이 아니라는 것이다. 바로 '신'이 없는 어른들의 사회, 말로는 도덕이 있고 정의나 평화가 있을지 몰라도 실은 어른 사회도 그 속을 들여다볼라치면 이와 유사한 행태를 보인다는 암시다.

셰익스피어의 희곡 「로미오와 줄리엣」에서 만일 로미오와 줄리엣이 살아서 행복한 결혼 생활을 이어나갔다 하더라도 그 결말을 알 수 없듯. 이 소설 『파리 대왕』에서도 마지막에 구조대의 해군 장교가 나타나 이들이 후회하며 참회의 눈물을 흘리기도 하지만, 과연 이 아이들이 어른 사회에 다시 편입된 후 그 인간성에 무슨 큰 변화가 오리라 기대해도 될까? 아마 그건 그리 새로운 다른 문제가 아닐 것이다. '어른'이 없는 어른 사회 역시 무인도와 크게 다르지 않을 것이기 때문이다.

요즘 우리 사회는 심각한 학교 폭력 문제로 모두 걱정을 하는 어두운 분위기다. 내가 중·고등학교를 다닐 무렵인 1960, 70년대에도 학교 폭력이 더러 있었다. 물론 '깡패' 같은 학생들도 있었다. 그러나 이들 행동은 거의 개별적이었고, 요즘 회자하는 일진회 같은 집단은 없었다. 그 시절에도 역시 문제의 학생들은 거의 가정에 뭔가 문제가 있었다. 이런 사실을 묵시적으로 알아챘음인지 우리는 이들에게 연민의 마음 같은 것도 얼마간 품고 있었다. 아마 집안이 가난해서 향후 진로에 대한 좌절감이 깊거나 가정폭력의 희생자이거나 공부에 대한 심한 열등감 같은 게 깔려 있었음을 우리는 어렵지 않게 알아차릴 수 있었다. 물론 통제 불능의 학생이 없진 않았다. 그런 학생 가운데 어느 학생은 어느 날 중도에 슬며시 사라졌다. 퇴학이나 다른 학교로 전학을 간 듯했다. 그러나 거개의 문제 행동들은 학교 내에서 엄한 벌칙으로 다스려졌다. 반성문을 쓰고 선생님한테 용서를 받기도 했다. 드물지 않게 단체 기합이나 몽둥이 요법도 시행이 됐다. 그래도 이에 불만을 토로하는 부모를 나는 한 번도 본 적이 없다. 실력이 모자라거나 '히스테리'를 자주 부리는 무서운 선생님도 계셨지만, 외형상 선생님은 어디까지나 선생님으로서 그 위엄이 지켜졌다.

사춘기의 학생들에겐 '아버지'의 멘토링이 필요하다. 또래의 아이들은 끼리끼리의 연결을 분명하게 해두고 싶어 한다. 강한 소속감도 바란다. 어른 흉내를 내어, 큰 힘을 갖고 있는 존재가 되고 싶은 마음도 갖고 있다. 급격한 신체·심리의 변화를 겪기에 그만큼 내부 혼란도 크다. 성적 충동과 공격적 충동에 대한 제어의 문제가 핵심 과제다.

'어른'의 멘토링은 학교에서 확실히 이뤄져야 할 것이다. 교육정책이나 학생의 인권문제를 다룸에 있어, 알다시피 미성숙한 아이들에게 자유에의 방임은 도덕적 발달에 심각한 부작용이 따름을 먼저 충분히 검토해야 할 것이다. 어느 때부터인가 우리의 아이들은 '자유'라는 무인도에 버려진 인상이다. 일진회 같은 '비현실적인 슈퍼맨들'의 집단은 우리 사회 어른들이 방조한바, 그 '악'의 결과로 볼 수밖에 없다.

정신 분석학자인 자크 라캉은 '아버지'란 질서를 내면화한 모습을 상징한다고 했다. 생텍쥐페리는 남자가 된다는 것은 정확하게 말하면 책임을 진다는 것이라고 말했다. '어른들'의 책임이나 질서 의식도 그러하거니와 학생들도 제 행동에 책임을 진다는 방향으로의 훈육이 필요하다는 생각이다. 그러므로 학생 지도에 대한 학교 나름의 자율권도 있어야 마땅하지 싶다. 부모의 무관심 못지않게 부모의 과잉 애정도 아이들의 인성발달이나 정신 건강에 크게 해롭다. 충동적이고 즉각적인 만족만을 바라는 요즘의 청소년 세대. 인내를 통해 자부심을 느끼게 하는 여러 스포츠(정신)의 활성화도 매우 중요한 과제라 생각한다.

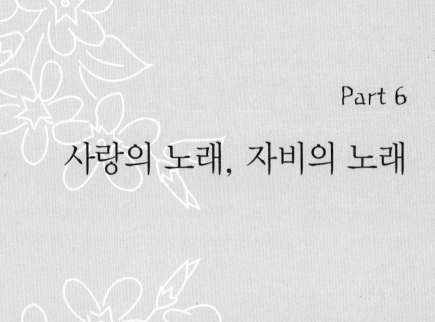

Part 6

사랑의 노래, 자비의 노래

사랑의 양자물리학

물리학에 문외한이었던 내가 지난해 가을 카이스트의 어떤 교수로부터 물리학적인 내용의 강의를 듣고, 잠시 머리가 맑아진 기분이 들었다. 물리학이라야 고등학교 때 기초적인 것 정도. 대학에서 이론 물리학 한 학기 배웠지만, 무슨 수리 공식만 몇 개 외우고 말았던 기억이 있을 뿐, 구체적 개념은 별무였다. 그런데 그 교수는 마치 공상 영화를 보듯 알기 쉽게 설명을 해 준다. 이를테면 이러하다. 물질의 가장 기본적인 단위인 원자개념이다. 원자가 만일 한 알의 사과 정도 크기라면, 전자는 얼마큼 떨어져 그 주위를 돌까. 10km 정도나 된단다. 하면, 그 사이는 텅 비워져 있는 공간이니, 우리 몸도 대부분을 빈 곳이 차지하는 것 아닌가. 아니, 모든 물질이 실상 다 공空으로 채워진 것 아닌가. 우리의 시력이 원자를 볼 정도로(?) 아주 섬세한 시력을 가졌다고 치면, 움직이는 생물체의 조직은 물론 거대한 규모의 이 세상은 얼마나 신비롭게 보이겠나. 그런 상상이 들었다.

　또 원자핵 둘레를 도는 전자의 성질에 대해서다. 전자가 입자이며, 파장이기도 하다는 소리는 대충 배워 알고 있었다. 나는 그게 동시적으로 그런 성질을 띠는 줄 알았는데 오해였다. 전자는 파장이나 입자의 성질 가운데 하나를 '선택할' 수 있다는 거다. 곧 누군가가 보고 있으면 입자를 선택하고, 보지 않으면 언제나 파동을 선택한다는 것이 오래전에 연구로 밝혀졌단다. 다시 말해, 관찰자가 없으면 전자는 잠재성으로만 존재한다. 그러다 누군가 살아 있는 생명체가 바라보게 되면, 그것은 실재하는 세상에 입자로 자신을 드러낸다는 것이다. 해서 많은 물리학자는 모든 사물이 우리가 바라볼 때에야 비로소 보이는 그대로의 현실로 변한다는 믿음을 갖고 있단다. 흥미롭지 않은가. 현실이 현실인 것은 우리가 지금 생각하거나 보는 바에 따라, 그러니까 이리 보면 이게 현실이고, 저리 보면 저게 현실이 되는 거라 볼 수 있다는 얘기다. 좀 더 유추해 보면, 우리가 말하는 이 세상은 우리가 만든 것이고, 우리 의식의 반영이기도 한 것이다. 일반의 철학적 성찰이 양자 물리학의 소견과 다를 바 없어 보인다. 우리나라에서 번역 출간된, 마이클 텔보트의『홀로그램 우주』를 보면, 물리학자 닉 허버트는 자기 뒤의 사물들은 '형체 없이 끊임없이 흘러가는 양자 수프'로 존재하다가, 재빨리 고개 돌려 쳐다보면, 순식간에 아무 이상 없는 물리적 실체로 돌아오는 것으로 생각하게 되었다고 했다. 현실의 물리 세계에 대한 양자 물리학적 이해다.

놀라운 일은 또 있다. 물리학자들은 아亞원자 미립자 하나를 둘로 쪼개면, 절반 짜리 미립자 두 개가 서로 반대쪽으로, 야구공처럼 돌면서 달아난다는 사실을 발견했다. 한데 절반 짜리 미립자 중 하나를 가늘고 긴 구멍에 집어넣어 회전을 바꾸자, 몇 킬로미터 떨어져 있던 절반 짜리 쌍둥이 미립자가, 앞의 반쪽 소립자의 바뀐 회전 방향에 즉시 조응을 하여, 자신의 회전 방향을 바꾸는 게 아닌가! 이 실험은 절반 짜리 미립자 두 개가 서로 의사소통할 기회를 철저히 차단한 환경에서 주의 깊고, 조심스럽게 진행되었다. 여기서 더 놀라운 일은, 두 번째 절반 짜리 미립자가 자신의 회전 방향을 바꾼 것은 첫 번째 것의 방향에 대한 정보가 빛의 속도로 전달되고 나서가 아니었다는 사실이다. 그것은 빛보다 빠른 속도로 그야말로 즉각적으로 자신의 회전 방향을 바꿨다.

이게 무슨 말인가? 무슨 의미인가? 이를테면 우리는 10만 광년 떨어진 어느 입자의 반쪽짜리 소식(회전의 변화)을 지금 지구에서 동시에 당장 볼 수도 있음을 알려주는 것 아닌가. 참으로 희한한 노릇이다. 1935년 알버트 아인슈타인도 그의 논문에서 어떤 물질이 빛의 속도보다 빠르게 움직인다는 증거는 분명히 있지만, 그래도 수학적으로 입증은 불가능하다고 지적했다고 한다. 이것은 역설이었다. 그래서 이 이론을 '아인슈타인-포돌스키-로젠 패러독스'라 불린단다.

더 나아가 물리학자 닐스 보어의 가설도 이젠 증명되었단다. 무슨 얘기인가? 만일 두 입자가 서로 몇백만 킬로미터 떨어져 있다 해도, 같은 물체의 부분들이 아니라, 애초에(빅뱅 이후?) 쪼개졌던 입자의 두 요소 그대로여서, 이 둘은 그 사실을 알고 있는 한, 전혀 분리된 게 아니다. 따라서 둘 다 한 전체의 부분들이어서 하나가 어떤 영향을 받으면 다른 하나도 동시에 같은 영향을 받게 된다는 것이다. 보어는 이를 '거리 초월 현상'이라 이름 붙였다. 시·공간은 어떤 우주 현실 속에 존재하는 물리 실체라기보다는 우주정신 안에 존재하는 관념과 흡사하다고 봄이다. 이게 양자 물리학의 기본 원리라 한다.

초미세의 이런 물리학적 현상은 우리 현실계에서 목격담으로도 알 수가 있다고 하는데, 예컨대 이런 거다. 1930년대 영국에서는 새 몇 마리가 우유 배달부가 배달해 놓은 우유병에서 뚜껑 여는 법을 알아냈다. 그 직후 유럽 전역의 새들이 갑자기 우유병 뚜껑을 열기 시작했다고 한다. 이것이 전달된 속도를 생각하면, 새 한 마리가 다른 곳으로 날아가서 그 방법을 가르쳐 주었으리란 가정은 전혀 불가능했다. 게다가 이들은 참새도 아니고, 체구도 참새보다 작아서 영국 해협을 건넜을 가능성이 전무했다. 『우리 문명의 마지막 시간들』의 저자, 톰 하트만은 그의 책에서 루퍼트 쉘드레이크가 그 같은 동물들의 거리초월성에 대해 언급한 것을 인용했다. 멀리 떨어진 지식을 즉시 공유할 수 있는 이런 현상을 쉘드레이크는 형태 공명Morphic

Resonance이라고 이름 붙였는데, 역시 이는 인간도 아인슈타인이나 보어가 입자의 특성을 설명한 것과 비슷한 방식으로, 행동할 수 있음을 일깨운다.

이러한 양자 물리학적 내용들을 여기에 다시 인용하는 것은 무엇을 새로이 느껴서인가? 새로운 양자 물리학은 요컨대, 우주를 존재하게 만드는 것은 의식이고, 이 의식은 거리에 제한받지 않는다는 종지를 알게 돼서일 것이다. 이런 사실의 앎은 또 우리에게 요즘 발전을 더 하고 있는 뇌 과학에 대해서도 한 마디 던지고 있는 것 아닌가 생각된다. 예컨대 요즘 뇌 과학의 설명에 따르면, 마음은 뇌에서 비롯되는 것이 분명하고, 마음이란 감각, 지각 등 육체적 속성의 반영일 뿐이고, 의식이란 것도 인간에게 감각적 속성이 없다면 있기 어려웠을 거란 견해다. 이론異論의 여지가 없을 법하다. 또한 의식이 있음으로써 심신의 통합적 기능이나 생명 유지가 가능해 짐은 자명하다 할 것이다. 뇌의 부위별 기능, 여러 부위별 네트워크의 기능에 점차 과학적 규명을 더해감에 따라, 뇌질환이나 뇌기능의 미묘한 특성에 대해서도 이해가 한층 더 높아졌음 또한 잘 알려진 바다. 하나 앞으로 기능성 MRI, PET등 첨단 의료 장비가 더 발전된 형태로 개발된다 하더라도, 이 '의식'의 문제는 그리 쉽게 해결될 전망이 아니란 생각이다. 형태 공명이나 거리 초월성의 문제, 의식의 문제가 개인적 차원은 물론 우주의 본질적 속성에까지 부합될 수 있을 만큼 설득을 하려면, 다른 식의 이해나 접근이 앞으로 더욱더 보완돼야 하지 않나 싶다. 예컨대 이런 생각의 상정에서다. 사람이 죽으면, 의학적으로 의식은 없어진다고 본다. 외형상 틀림없이 맞는 말이다. 하나 과연 완전히 그 의식 자체가 없어졌다고 볼 수 있을까? 양자물리학적 소견에 의하면, 의식은 죽은 뒤에도 소위 '우주 수프' 안에 녹아들어 가는 것 아닌가. 일본의 선사 다이닝 가타기리는 "침묵 속에서 모든 것은 영靈이 됩니다. 침묵의 세계로 되돌아갈 때, 모든 것은 비인간적not-personal이 됩니다."라고 말했다. 비슷한 설명 같다. 또 우리의 개인적 의식 너머에, 우리의 본래 모습이 있는데, 불교에선 이것을 '우리의 부모가 태어나기에 앞서 있던 나父母未生前本來面目' 또는 '한 생각도 생겨나기 이전의 나一念未生之前本來面目'─이것들은 선가禪家에서의 공안公案이기도 하다─라고 했다. 그렇다면 '우주 수프' 와 선가에서 말하는, 보편적 '나'와는 같은 의미로 봐도 틀리지 않은 것 아닌가, 그런 생각도 드는 것이다. 말하자면 우주수프는 우주의 식의 다른 표현이라 볼 때 그렇다는 뜻이다. 가능한가? 이슬람교에서 신비주의 분파로 여겨지는 수피교에서는 불교에서처럼 환생을 받아들인단다. 여기서 어느 수사는 우리가 죽게 되면, 우리의 생각, 경험 등이 모두 우주의 수프 냄비 속으로 들어가 '모든 사람이 함께 섞이는 거대한 우주 잡탕'이 만들어진단다. 그리고 아이가 태어날 때면, '우주 요리사'가 국자를 들고, 이 수프 냄비에서 인간의 몸과 영혼을 충분히 채울 만큼의 국을 떠서, 새로 태어날 아기에게 부어 넣는다고 설명한다. 보편적 의식이 개인적 의식으로 나누어 나타나게 된다는 것의 상징적 표현으로 보인다. 그러나 양자 물리학적 개념을 적용하면, 그리 낯설지 않아 보이는 개념으로도 보이는 것이다. 상상의 비약인가? 비가시적인 일이지만 그럴듯해 보인다. 뭐, 달리 생각해도 상관은 없을 터다.

다만 양자 물리학은 우리에게 최소한 이런 메시지만은 남기는 것 같다. 평소 우리가 하는 일상의 행동이나 사고 하나하나가 이 세상에 존재하는 모든 사물과 다른 인간들에게 그 영향을 끼친다는 사실. 그리 보면 동·서양의 오랜 지혜들, 말하자면 예부터 공자 왈, 맹자 왈, 수시로 자신의 마음을 닦아야 한다는 소리나 부처님이 강조한 선행이나 자비실천, 생명존중의 사상, 예수의 사랑 실천 같은 것들이 의미 있는 소식으로 와 닿는 것이다. 기도도 효력이 있음은 두말할 나위가 없다. 모두는 그 마음이 모든 실체의 근원과 연결되어 있으며, 마음의 변화를 일으키면 분명히 이 세상을 바꾸는 데 있어 얼마나 강력한 힘이 발휘될 수 있는지를 양자 물리학은 충분히 증명하고 있다고 보는 것이다. 그런 힘의 영향은 물론 자신의 자유의지로 말미암아, 자신에게서 비롯되는 것일 테고, 그로 인해 남에게도 동시에 큰 영향을 줄 수 있다는 교훈이다. 요컨대 현대의 양자 물리학은 우리에게 사랑의 물리학을 가르쳐 준 셈이고, 우리가 '왜 사랑해야 하나', 그 이유도 과학적으로 설명해줬다고 해석되는 바다.

『주역』에 이런 말이 있다. '집안에 있으면서도 하는 말이 선하면 천 리 밖 먼 곳에서도 뜻을 함께한다. 하물며 가까운 곳은 말할 필요가 있겠는가. 그러나 하는 말이 선하지 못하면 천 리 밖 먼 곳의 사람들도 떠난다. 하물며 가까운 곳이야 말할 필요가 있겠는가."

갠지스강 근처에서

인도의 바이샬리에서 비하르 주의 수도인 파트나로 가는 길. 끝 모를 평원이 펼쳐져 있다. 이곳은 장마가 끝날 무렵인 10월인데도 홍수가 범람하고 있었다. 갠지스 강물이 온 평원 위에 조용히 넘쳐 흐르고 있다. 농민들 처지에서는 좀 안타까운 광경이겠다. 하지만 이의 방관자인 나로선 대지가 아름다운 축복을 받는 모습으로만 보인다. 버스에서 내려 넋을 놓고 그 풍성한 고요를 음미하듯 바라보고 있으려니 고단한 여정에서 쌓였던 피로가 눈 녹듯 사라지는 듯하다.

인도의 동북부에서 북쪽으로 이어지는 불교 성지를 순례하다 보면, 곳곳에서 느껴지는바 인도는 갠지스 강의 덕으로 발달해온 나라임을 어렵지 않게 확인할 수 있다. 하늘과 맞닿아 있는 저 웅대하며, 지고한 자태의 설산인 히말라야에서 발원된 갠지스 강물은 다른 곳에서 시작된 야무나 강과 만나 갠지스 강 본류가 시작된다. 이곳 합수머리 지역의 이름은 쿰브멜다. 이곳 강물에 목욕하러 인도 각지에서 엄청난 사람들이 모여든다. 두 곳의 물이 합쳐지는 곳이니 더 큰 축복의 의미도 있어서일 것이다. 이곳으로 모여드는 사람들은 대부분 힌두교도다. 인도 최대의 '물 축제'도 이곳에서 벌어진다. 하루에 한 끼만 먹으며 수일에서 길게는 한 달까지 수행을 감행한다고 한다. 평생 지은 죄업을 씻고 내세에 지금보다 나은 생을 맞이하기 위해서다. 몸을 강물에 온전히 담그기도 하고 강물을 마시기도 하면서 오직 신과 만나는 '나'만 있을 뿐이라는 생각에 침잠한다. 이 참여 축제에는 남녀노소의 구분이 없다. 브라만이든, 천민이든 상관없다. 이곳 말고 갠지스 강의 지류들이 만나는 다른 합수머리 지역도 신성한 곳으로 여겨진다. 물은 생명의 근원. 그러니 유구한 세월 이 물을 내려 주시는 신에게 감사한 마음을 지니지 않을 수 없다. 인도 최대의 곡창 지역인 이곳 비하르 주에 와, 그 드넓은 땅에서 자라나는 곡식들을 보면 물은 곧 신이 내린 것이란 믿음이 절로 들게 된다. 정녕 사시사철 넘쳐흐르는 갠지스 강물은 인간에게 축복도 내려주거니와 아픔도 씻겨주고 인간의 영혼도 더불어 정화해주리라.

갠지스 강 근처에는 힌두 사원만 있는 게 아니다. 커다란 이슬람 사원도 있고, 시크교 사원도 산재해 있다. 비하르 주는 굽타 왕조 같은 인도의 고대 문화가 발흥했던 곳이기도 하다. 기원전 3세기 불교 이념으로 통일 국가를 건설한 아쇼카 왕 시대의 수도도 바로 이곳이다. 불교 성지인 보드가야, 라즈기르, 날란다, 바이샬리도 비하르 주에 속해있다. 자이나교도 이곳에 그 시원을 두고 있다. 자이나교의 창시자인 잘만디르 마하비르는 이곳에서 태어나기도 했다. 벌거벗은 수도승을 떠올리는 자이나교도 알고 보니 대단히 고매한 취지를 지닌 것 같다. 나체로 생활하는 이유는 옷이 모든 욕심의 근원이기도 해서다. 이들은 무소유와 불살생의 정신이 투철하다. 수도승들이 빗자루를 들고 다니는 모습이 목격되는데 그건 행여 보행시 작은 벌레라도 죽거나 다치게 할 가능성이 있어 제 앞을 쓸려는 의도에서 그런 것이다. 얼마나 뜻깊은 삶인가. 말로만 신을 믿는 게 아니라 행동으로 믿음이 드러나야 한다는 생각의 반영인 듯싶다. 간디의 비폭력 운동도 이 자이나교의 영향을 받은 바 크다고 한다.

우리 일행은 비하르의 어느 작은 도시에 내려 잠시 시내를 거닐었다. 길가의 어두컴컴한 작은 신전에 시바신이 모셔져 있다. 사람들은 기도를 들이고 무슨 선물을 바치기도 하는 모양이다. 어떤 사람은 시바 신에게 가는 길에 오체투지를 하고 있다. 여행 안내자에게 물으니 4박 5일에 걸친 여정인데 이들은 노천에서 야숙을 한다고 한다. 맨발이 붓고, 몸도 몹시 쇠진해진 상태다. 그래도 포기는 없다. 가족과 집안에 행복이 오기를 기도드리기도 하고 신에게 헌신하는 제 마음을 드러내려 한다는 것이다. 사원에 도착하면 갠지스 강에서 떠온 물을 먼저 신에게 바치는 공양의식이 치러진다. 그 과정에 제 소원을 담아 예배를 드린다. 혹여 질병이라도 있으면 병을 낫게 해달라고 간청도 한다. 이들이 집에 돌아오면 마을 사람들은 이들을 신을 직접 만나고 온 사람으로 간주하고 이들 손길을 신의 손길로 느낀다고 한다. 고행을 일상처럼 감행하며 살아가는 수행자들이나 수도승들에게 경의를 표한다.

불교에서도 윤회설이 있지만 힌두교에서의 윤회 개념은 불교보다 그 뿌리가 훨씬 더 오래되었고 인도인의 마음속에 유전인자로 체화된 것 같다. 힌두교 수행자들도 불교 수행자들이 입는 주황색의 가사를 입고 있었다. 주황색의 의미는 번뇌를 불태워버린다는 의미가 담겨있다. 번뇌를 태워버린다는 불꽃의 색깔을 띄운 것이리라.

여행 중 힌두교에 대해 내가 느낀 인상은 대략 이렇다. 나는 사흘 전 갠지스 강변에 자리 잡은 바라나시를 방문한 적이 있는데 그곳에서 불의 신, 아그니를 위한 불의 제사를 지내는 광경을 지켜봤다. 이 불씨는 이곳에서 수천 년 전부터 타오르며 지속시켜온 불씨라 한다. 이 불씨를 사용해 근처 화장터에서 시신을 화장시킨다. 화장된 후의 잔해는 갠지스 강에 버려져 물고기의 밥이 된다. 불의 신이 죽은 영혼의 죄를 씻게 함이고 그다음 강에 버려져 다시 영혼을 정화함이니, 죄가 신성한 강물에 의해 말끔히 씻기어졌다면 그는 윤회를 벗어나 영원히 해탈에 이를 수 있겠다는 믿음인 것이다. 힌두교의 수행자(산야신이라 함)들은 늙고 병이 들어 죽음이 가까웠음을 직감하면 먼 데서 이곳까지 와서 죽음을 기다린다. 과거 잘못된 인생을 보냈더라도 바라나시에 와서 묵언 수행을 하며 반성한 뒤, 이런 죽음의 과정을 겪으면 열반에 이를 수 있겠다는 생각이다. 갠지스 강은 여신의 주재하에 있는 셈이고, 불의 신은 남성신인 셈으로 볼 수 있겠다.

인도는 셀 수도 없을 만큼 수많은 신이 사는 나라다. 오랜 역사를 통해 인간을 신격화시키는 일이 일상화가 된 나라가 아닌가 하는 인상도 받았다. 모든 종교의 특성이 그렇듯 '숭배 의식'은 인간에게 주어진 필연의 심리일 것이다. 인간 존재가 겪는 생·노·병·사 과정의 그 근저에는 죽음이나 고통에 대한 불안 심리가 내포돼 있다. 죽음에 대한 불안이나 두려움은 인간 누구나가 갖고 있는 보편적 심리다. 또 어느 시대, 어느 문화권에서든 이를 극복하기 위해 통상 여러 정신적 방어 기제가 동원되었을 것이다. 어느 생명체든 그 존재를 지속시켜보려는 욕망, 곧 존재애存在愛라고 불릴 수 있는 기전이 본능적으로 작동됨이다. 그리하여 인간의 본성상 영원한 삶이나 영혼의 윤회 같은 개념이 상정되는 일이 하나도 이상한 일이 아닌 것이다. 종교, 특히 원시 종교는 이런 심리가 그대로 또는 적절한 상징적 행동이나 의례를 통해 어렵지 않게 곧잘 드러난다. 종교는 결국 그런 인간 심리의 반영인 바, 인간 내면세계의 갈등을 해소시켜주기 위한 의도로 외재화externalization된 행위라 볼 수 있겠다. 다시 말해 영원한 삶에 대한 향수나 영혼의 구원을 위해서는 이를 구현시킬 구체적인 외적 대상이 가정되어야 접근이나 그 방법이 용이해질 수 있겠다. 그런 소원의 실현을 위해 작동되는 정신기제를 좀 더 구체적으로 살펴보자면, 투사, 합리화, 정당화, 전치, 이상화 등이 신을 형상화하는, 마음의 무의식에서의 작업이라 볼 수 있다. 그러하니 이런 의미에서 보자면 신은 인간의 마음에 의해, 더 정확히 말하자면 인간 욕구의 수요에 의해 만들어진 꼴로 보일 수밖에 없다. 물론 그런 사고 과정에서 형성된 공통의 믿음들, 다시 말해 그 사회의 다수 인간들이 암묵적으로 동의하게 된, 이러한 마음의 표상들이 오랜 시간에 걸쳐 정착되면 그 믿음은 그 사회에서 일정한 격식을 갖춘 종교로서의 기능을 수행해 나갈 것이다. 그렇다고 해서 나는 여기서 힌두교가 미신이며, 원시 종교의 틀에서 벗어나지 못했다는 것을 애써 강조하려는 뜻은 아니다. 죄를 씻겠다는 마음의 발로에서 반성도 하고, 오체투지하며 기도로 신에게 간구를 할라치면 그의 영혼에 평정도 오겠고 얼마간 구원도 얻을 수 있겠다는 생각에 나는 동의를 한다. 힌두교도 가운데는 마하라지나 마하르시 같은 성자들은 우러러 존경할 만한 인류의 스승이기도 하다. 그러나 이들은 일반 힌두교도들이 갈구하는 세속의 신 개념과는 차이가 나는, 신의식神意識을 갖고 있다. 세속의 힌두교는 타력他力에 지나치게 의존해 있다. 기복신앙에 너무 경도돼 있다. 근세 이래 우리나라에서 번창해 왔던 기독교인들의 경우도 그 속을 살펴보면 이와 크게 다르지 않다. 이런 관점은 물론 거개의 불교도의 신앙 행태에서도 여전했음은 두말할 나위 없다. 이제 나는 모든 신앙의 바탕에는 다 그렇고 그런, 인간 심리가 투영될 수밖에 없는 현실이 보편적 현상이라 본다.

갠지스 강을 따라 여행하며 이런저런 종교에 대한 상념이 스쳐 지나갔다. 하지만 불교 성지를 순례하면서 그 먼 옛날 힌두 신앙이 횡행하던 인도에서 고따마 붓다라는 인물이 출현하여, 천지가 개벽 되기 시작했음을 상기하게 되니 역사적 의미에서도 그 감회가 남다르게 느껴지는 것이다.

예수께서도 당시 사회상에 비춰보면 대단한 혁명가로서 인류를 위해 생명과 사랑의 메시지를 뜨겁게 전파하셨다. 하지만 그보다 오백여 년 앞서 부처님은 그 사회, 곧 당시의 힌두이즘 사회에서 보자면 대단한 혁명적 발상의 설법을 하셨던 것이다. 자연계의 모든 생물체가 그것이 지금의 모습으로 남기까지는 오랜 진화의 결과라는 이론이 상정된다. 마찬가지의 이치로 나는 종교 영역에서도 인간 의식의 진화에 따른 결과가 도출되는 게 아닌가 하는 상정을 하게 된다. 헤아릴 수 없는 윤회의 결과, 모습 없는 경지를 보이신 부처님이 출현했듯이 말이다. 물론 부모로부터 태어나기 이전의 자리야, 태고太古이래 변함이 없었지만…….

여든 살에 접어든 노쇠한 부처님께선 어느 날 제자에게 이런 말씀을 남기셨다. "현재도 내가 입멸한 뒤에도 다른 것에 의존하지 않고 살아가는 사람만이 진정한 수행자요. 내 뜻에 가장 맞는 사람이다."

이처럼 부처님께선 우상 숭배를 철저히 배격하셨다. 자신의 참모습이나 삶의 근본 이치를 깨닫지 못하고서야 어떤 신앙이나 믿음이 가능하겠는가. 이런 훌륭한 가르침의 전통은 2,500년이 지나도 여전히 생생하게 살아 있다. 지금은 서양에서도 많은 식자들이 불교에 대해 새롭게 눈을 뜨고 있다. 인간의 목숨으로 사는 한 이러한 진리는 영원히 변함이 없을 거란 생각이 드는데, 이는 분명 나만의 생각만은 아닐 것이다.

불교의 성지, 인도의 사르나트에서

부처님께서 깨달음을 얻으신 신성한 땅, 보드가야에서 하루를 묵은 뒤 우리는 아침 일찍 이곳을 떠났다. 버스를 타고 하루 반나절이 지나서야 바라나시에 도착했다. 인도 현지의 말로는 와라나시라 부르는 이곳. 세계에서 가장 오래된 도시라 한다. 시내로 들어서니 차창을 통해 시야에 들어오는 광경은 영화 〈시티 오브 조이〉에 나오는 모습 그대로였다. 순례자들, 인력거꾼들, 행인들로 거리는 온통 북새통을 이루고 있다. 거리엔 무법자인 게으른 소들이 어슬렁거리며 다닌다. 어디에나 소똥이 널려 있다. 까만 눈동자가 반짝거리는 가난해 보이는 아이들이 우리를 빤히 바라본다. 헐거운 옷차림의 마른 노인네들은 길가에 앉아 뭔가를 물끄러미 바라보고 있다. 거리의 양쪽에 빽빽이 늘어선 허름한 낡은 집들. 어느 집은 곧 무너져 내릴 것만 같고, 낡고 부스러진 벽돌 담장 안에는 사람과 소가 함께 살고 있는가 보다. 군데군데 더러운 작은 물웅덩이, 파리와 모기들의 천국. 도심인데도 길가 빈 땅에선 돼지나 닭들이 땅에 코를 박고 무얼 열심히 주워 먹기에 바쁘다. 거리에 넘쳐 흐르는 그만그만한 모습의 인도인들. 하도 많이 스치다 보니 그 얼굴을 구분하기조차 어려울 지경이다. 아마 이 광경은 아주 오래되었으리라. 아주 오래된 역사적 정경이리라. 거리의 뿌연 흙먼지 속에 소와 사람과 수레와 순례자들이 섞여 사는 이 모습. 이들은 아직도 신화와 온갖 미신이 혼재된 삶을 살고 있는 것이다. 어느 시대를 살든 현재를 살면서도 과거, 현재, 미래가 공존해 있었을 거였고 천국과 지옥도 공존해 있는 사회였으리라.

인도의 불교 성지를 답사하면서 목도 되는바 인도인의 삶은 하나의 커다란 미스터리였다. 인도의 마음은 세상에서 가장 오래된 마음이라고 그들은 자부한단다. 그러나 피로할 만큼 긴 과거를 가진 '노인'은 매일 수많은 고민, 집착, 악몽을 더 많이 쌓을 것이고, 그만큼 더 오랜 억압의 삶을 살 뿐 아닌가. 오래된 마음이 훌륭한 가치가 있다는 것을 나로선 선뜻 받아들이기 어려운 노릇이다. 이들은 최고 만년의 역사에서 혁명다운 혁명을 한 번도 겪지 않고, 셀 수도 없을 만큼 전란을 겪으며 살아왔다. 이들의 영성, 종교성, 고대 유산에 대한 자부심은 하나의 유전인체로 대물림되고 있다. 하지만 인도 여행을 하며 솔직히 느낀 바 지금 나는 이 모든 게 인도인의 슬픈 유산으로밖에 비치지 않는다. 습관처럼 굳어버린 침체한 종교의식. 여기에서 나오는 반복적인 강박적 종교 행위만이 내 눈에 비치는 것이다. 유사 이래 종교 행위가 일상생활이 되어버린 그들이다. 거리 곳곳에 세워져 있는 크고 작은 신전들, 시바 신, 비슈누 신, 칼리 신에게 간절하게 복을 기원하는 그들 모습에서 나는 유독 우상 숭배에 가까운 그들의 신에 대한 숭배의식과 기복신앙의 면모만을 엿보아서인지 모르겠다.

2,500여 년 전으로 거슬러 올라가는 상상을 해 본다. 부처님은 힌두교의 각종 신이 인간 세상을 지배하는 이곳 바라나시의 광경을 지금처럼 보았으리라. 당시 종파의 수도자(산야신)들은 숲 속에 들어앉아 음식을 부정하고, 육체의 편안함을 부정하고, 거처를 부정하고, 옷을 부정하며 수행에 정진했을 거였다. 욕망을 부정하는 가운데 위대한 성인, 마하트마가 되려는 의도에서 그랬을 것이다. 깨달음에 대한 욕망으로 삶의 모든 것을 구속하는 수행은 분명 잘못된 일이다. 신에 대한 욕망이 오히려 깨달음에 더 큰 장애가 됨을 알지 못했을 것이다. 출가 초기에 부처님은 이런 문제를 능히 알아채셨다. 부처님은 성도를 이루신 뒤 당시 바라나시에 있는 사르나트라는 작은 마을에 오신다. 최초의 설법은 오래전 함께 수행에 참여했던 다섯 명의 옛 동료를 대상으로 삼으셨다. 이들은 여태껏 이곳 사르나트에서 그 같은 수행을 계속해왔을 터. 이들은 부처님이 오신다는 소리를 듣고는 큰 의심을 품었다. 하나 막상 부처님의 법문 곧 사성제, 팔정도와 중도中道의 법문을 듣고는 크게 감복한다. 그 후 아라

한을 성취했다고 한다. 사르나트는 처음으로 부처님께서 법의 수레 바퀴를 굴린 상소라 하여, 초전법륜지初轉法輪地라 일컬이지기도 한다.

우리 일행은 사르나트 근처 숙소에서 하룻밤을 지낸 뒤, 다음 날 아침 일찍 갠지스 강 가로 향했다. 둘이서 한 팀씩 릭샤를 타고 강가 근처까지 갔다. 그다음 갠지스 강으로 이어지는 비좁은 길을 따라 걸어갔다. 길바닥에 잠들어 있는 순례자나 소를 피해 가야 했고 바닥에 이리저리 버려진 개똥, 소똥을 피하느라 조심스럽게 살피며 걸어야 했다. 널따란 돌계단을 따라 강가에 이르자 강변을 따라 성채처럼 이어진 커다란 사원들이 장엄하다. 계단 아래에는 관광객을 기다리는 기다란 목선들이 출렁대는 강물에 흔들리며 위태롭게 서로 부딪히고 있다. 강에서는 몸을 담가 씻기도 하고 기도를 드리는 참배자들의 모습이 자주 눈에 띈다. 강물은 가물거리는 햇빛을 반사하며 안온하고 부드러운 느낌을 자아내고 있었다. 배를 타고 강을 따라 거슬러 올라가다 잠시 멈춘다. 우리는 각자 촛불을 옮겨놓은 작은 종이배를 강물 위에 띄운다. 누군가 각자의 소원을 담아 띄우라 이른다. 지금의 내 소원이야 특별한 게 있겠는가. 다만 이 여행에서 부처님의 발자취나마 제대로 체득하게 해 달라 함이다.

우리는 배에서 내려 곧바로 근처의 화장터로 발을 옮겼다. 화장터 입구에 다다르자 매캐하고 역겨운 냄새가 흘러나온다. 노란 장식 조각들로 천에 싸인 시신이 다음의 화장을 기다리고 있었다. 이미 화장이 끝난 시신 근처에서도 아직 다 타지 못한 나무가 연기를 피워 올렸고 거기 드문드문 죽은 자의 뼈가 드러나 보였다. 화장터 근처엔 개가 한 두 마리 먹을 것을 찾아 뒤지고 다녔다. 저 아래 쪽을 내려다보니 강변 모래톱에 머리칼이 아직 붙어 남아있는 해골이 두어 개 보였다. 그 주변에는 방치된 채 널려있는 사람의 뼈들이 여럿 있었다. 근처에 사는 소가 시신을 장식했던 오렌지색 화환을 씹고 먹고 있었다. 더 이상 오래 머물고 싶지 않았다. 화장을 시킨 뒤 그 시신 잔여물을 강물에 떠내려 보내는 것이 죽은 자의 영혼을 정화하는 의미가 있다고 한다.

누가 갠지스 강을 신성한 강이라 했던가. 이곳에 와 다시 자세히 살펴봐야 할 일이다. 갠지스 강은 하루에도 수십 건, 아니 수백 건의 시신들이 버려지는 강이다. 갠지스 강은 이미 한참 오염되었을 것이 틀림없다. 가난한 자는 화장도 못 한 채 강물에 그냥 버려지기도 한단다. 더욱이 이 강물에 몸을 담그면 모든 죄가 씻겨진다는 믿음 때문에, 수많은 사람들의 죄로 얼룩진 물이기도 할 것이다. 죄를 씻는다는 의식만으로 죄가 씻겨진다는 것은 우리가 보기에 어리석은 원시적 행위로 밖에 보이지 않는다. 실존 의식이 마비된 이러한 의식만으로 어찌 무슨 해탈이 가능하겠는가. 만일 이런 일을 시킨 신이 있다면, 이건 분명 순진한 인간들을 두고 조롱하는 일 아닌가.

인도는 윤회를 문화 의식 속에 제도화를 시켰고 수 세기 동안 카스트 제도라는 지옥을 만든 나라이다. 인간의 죽음에 대한 공포를 미끼 삼아, 착하게 살면 다음 생에 더 나은 계급의 인간으로 환생 될 것을 믿게 했던 것이다. 힌두교인들이 만들어낸 이 거짓 발명품 속에 인간의 탐욕이 내재하여 있으리라. 이는 계급적 차별을 합리화시킨 근거일 터이고, 실존의 두려움과 탐욕의 마음을 일거에 잠재우게 하는 방도이기도 했을 것이다. 윤회라는 질병의 대물림. 이것은 분명 지배계급의 교활한 합리화의 기전으로 작동되었을 것이다. 칼 마르크스는 종교는 민중의 아편이라고 일갈했다. 어느 종교가 됐건 조직화하고, 제도화된 종교의 그러한 부정적 측면을 간파하게 되면, 마르크스 같은 논리가 과히 틀린 이야기로 들리지 않을 것이다. 물론 마르크스는 당시 기독교 문화에서의 유사 병폐 현상을 나름 관찰했던바 그 경험에서 얻은 결론이었을 것이다. 다만 나는 칼 마르크스가 부처님을 알지 못했던 것이 아쉽다는 생각이 들었다. 부처님은 신神이 가설적인 실재라 보셨다. 인간의 자아 역시 가설적인 실재다. '너'와 '나'가 '필요'한 것이지만 이는 참 실존이 아니다. 개별적인 나는 사실 그 '주체'라 할 만한 것이 없어서인 것이다. 따라서 우리가 개념적으로 맺어 나가고 있는 논리나 생각들도 임의적일 수밖에 없다. 부처님께서는 이를 차분한 논리로, 또는 내면 성찰을 통해 우리 스스로 확인하도록 도우셨다. 이러한 가르침은 이 지구상에서 벌어진 가장 아름다운 일 가운데 하나다. H.G. 웰즈의 말대로 부처님은 신적인 사람이며 동시에 가장 신적이지 않은 사람으로 봄이 마땅하다.

부처님의 설법은 당시 인도 사회에서 수행자들이 빠져있는 거대한 자기도취의 심리를 일깨우신 것이리라. 2,500여 년 전의 인도 사회의 모습이 지금과 다르지 않다는 생각이 들면서, 나는 지금 여행 길에서 우러러 존귀하신 부처님의 설법이, 불어오는 이 시원한 바람 속에 실려 오고 있음을 느끼려 하고 있다.

숭배의식이나 기복의 심리는 우리 모두의 의식 속에 여전하다. 인도인들만이 갖고 있는 것이 아닌 것이다. 다만 우리는 부처님께서 남겨 놓으신 가르침이 과학이 발달한 오늘의 이곳, 어느 인간에게도 유효한 것이며, 대 자유를 얻기 위한 가장 뛰어난 진리임을 조용히 받아들인다.

침묵 속에 서 있는 커다란 반얀 나무가 짙은 그늘을 내리고 있다. 우리 일행은 그 그늘 아래 다소곳이 앉아 존재가 어느 믿음보다 우선하다는 감상에 젖어 있었다.

쿠시나가라에서

　인도의 바이샬리에서 전용버스에 몸을 실어 부처님이 입멸하신 땅, 쿠시나가라에 이르렀다. 드넓은 들판 한가운데 쓸쓸하게 위치한 이곳 유적지는 단아하게 정돈된 느낌을 준다. 2,500여 년 전 부처님은 여기 두 그루의 사라나무 사이에서 몸을 버리셨다고 한다. 왜 하필 이곳이었을까. 팔십 세 나이에 쇠잔해진 육신을 이끌고 당시 아주 보잘 것도 없는 이곳에까지 와 열반에 드신 것이다. 여기는 부처님이 태자 시절 카필라 왕궁을 떠나 고단한 수행을 위해 가는 그 노정에 있던 곳이다. 아마 다시 고향을 향해 되돌아가는 여정에 있지 않았나 하는 유추설도 있다. 더 깊은 뜻도 있겠으나 나로선 더는 헤아리기 어렵다.

　이곳에 오니 먼저 두 채의 큰 건축물이 눈에 띄었다. 하나는 열반당. 부처님의 거대한 열반상을 안치시켜 놓은 곳이다. 높은 천장에

양쪽으로 둥근 창문을 열어놓은 흰색 건물이다. 그리고 그 옆. 마치 원자력 발전소 모양 육중한 원형 탑이 세워져 있다. 위대한 아쇼카 왕이 5세기경 세웠다고 전해지는데 여기엔 부처님의 사리를 모셨다고 한다.

우리 일행은 먼저 열반당에 들어갔다. 안에 들어오니 서늘한 기운이 감돈다. 좀 어둑하다. 촛불들이 제단에 여럿 켜져 있다. 입구에서 남루한 행색의 노인네가 음침한 눈빛으로 우리를 연신 흘겨보고 있다. 일행을 맞아 시주 돈을 챙기려는 데만 마음이 급급한 힌두교인 같다. 불교 유적지 어디를 가도 이러한 현상이니 그가 치근대며 뭐라 해도 이젠 괘념치 않고 모두 덤덤히 반응한다.

열반당 한가운데 황색 가사를 입은 채 옆으로 누워 계신, 6미터 남짓의 장대한 부처님이 목전에 온전히 드러나자 모두 엄숙하고 숭고해진 분위기에 젖는다. 누구의 지시도 없건만 일행은 나란히 줄을 지어 합장을 한 채 열반상 주위를 일곱 바퀴 돈다. 다음, 빙 둘러앉아선 함께 반야심경을 암송한다. 나는 반야심경을 암송하지 못해, 침묵한 채 경건한 그 분위기에만 동참하고 있었다. 반야심경이야 젊어서부터 그 뜻을 이리 재보기도 하고, 저리 미루어 나름의 풀이도 해봤지만 늘 알듯 모를 듯 감감하기만 했다. 그러나 지금은 단지 이 분위기가 좋다. 일행 중 서암은 반야심경을 다 암송한 뒤, 가슴에 북받쳐 오르는 감정을 주체할 수 없어서인지, 붉은 눈물을 계속 흘리는 것이다. 살펴보니 곁의 반야수, 반야심 보살도 눈가에 눈물이 촉촉이 배어 있다. 아주 아름다운 일이었다.. 더러는 마음 깊은 데서 우러나오는 침회의 눈물이겠고 우러러 존귀한 부처님의 설법을 아직 다 깨치지 못한, 제 미욱함을 붙들며 이에 연민하는 마음에서 우러나오는 눈물이기도 할 것이다. 일행은 마치 부처님께서 바로 지금 여기에서 열반하신 양 감정 이입이 돼서, 마음 슬픈 '제자'로도 남아 있는 것이다. 부처님께선 열반 무렵 제자 아난다를 불러 세우고 이렇게 말씀하셨다. "아난다야, 한탄하거나 슬퍼하지 마라. ……내가 입멸한 뒤엔 내가 지금까지 말하고, 제정한 교법과 계율이 곧 너희들의 스승이다." 또 더욱 정진하여 미혹을 떨쳐버리고 성자의 경지에 이르라고 당부하였다. 삶을 소중한 배움과 깨달음의 자리로 삼으라는 말씀이다.

침잠하는 가운데 여러 상념이 스쳐 갔다. 어릴 적 한때 나는 불교가 우상숭배 아닌가 하는 그런 착시 현상을 겪기도 했다. 부처님은 일체의 우상숭배를 배격하셨다. 부처님은 우리에게 번뇌의 뿌리인 모든 관념을 버리도록 도우셨고, 이 비어있음에 집착함도 크게 나무라셨다. 『금강경』에 "무릇 모든 상相은 다 허망하니, 만약 모든 상이, 상이 아님을 본다면 여래를 보니라."라는 말씀이 있다. 상相은 말 그대로 모습을 말한다. 이 '나'라고 하는 몸과 마음도 사실은 허물이며 허공 속 꽃과 같은 존재일 뿐이란 뜻도 내포돼 있다.

일행은 밖으로 나와 들판을 배회하는 소처럼 따사로운 햇볕 속을 거닐었다. 주인 잃은 가난한 눈빛의 개가 두어 마리 우리 곁을 어슬

렁거린다. 끈덕지게 동냥을 구하는 아이들에게 몇 푼을 쥐여준 뒤 우리는 소리 없는 그림자처럼 이곳을 떠났다. 서쪽 하늘이 온통 법열처럼 붉게 물들기 시작했다. 그 장엄한 죽음을 뒤로하고 우리는 광막한 어둠 속으로 각자 뿔뿔이 흩어졌다.

내 경험적 종교관

　나는 초등학교 1학년을 채 마치지 못하고 도시로 이사를 하였지만 그전까지는 강화도 교동이라는 작지 않은 섬마을에서 자랐다. 드넓은 농토 한가운데 옹기종기 초가집들이 모여 있고, 앞산 언덕 옆에는 교회당이 서 있고, 화계산 중턱에는 오래된 암자가 있었던 기억이 난다. 어머니는 가끔 새벽녘 장독대에 정화수를 떠다놓고 두 손으로 빌면서 기도를 드렸던 모습이 아직도 눈에 선하다.

　당시 이웃집엔 일찍 남편을 여읜 아주머니가 우리와 가깝게 지내곤 했는데, 간혹 우리 어머니한테 교회 가자며 권유했던 말도 들은 것 같다. 그때 어머니는 내색을 안 비치고, 그냥 고개 끄덕이다 사양을 했던 것이다. 그러나 그러고도 이웃끼리 사이좋게 지냈다.

　한 번은 크리스마스 즈음인가, 어찌 어찌해서 호기심에 끌려 또래 아이들과 함께 교회를 들른 적이 있었는데, 교회 안에 들어서자 무언가 신비에 어리고 경건해지는 기분 같은 걸 느꼈던 기억이 난다.

목사님 말씀이 무언지 알 수는 없었지만, 그 근엄하고 진지한 자세만이 뚜렷이 각인되었다. 찬송가는 듣기에 좋았던 것 같다. 교회 밖으로 번져 나오는 찬송의 합창소리가 저녁 하늘과 먼 바닷가로 은은하게 번져나가는 풍광이 가슴 시린 추억쯤으로 남아 있다.

어머니는 꼭 불교 신자라 할 수는 없지만, 석가탄신일이나 백중날이면 가까운 그 암자를 찾아가 부처님 앞에 절을 올리곤 했다. 절 마당에서 동네 아이들과 이리저리 뛰놀고, 나무에 오르다 떨어져 다리를 다쳤던 적도 생각난다. 그리고 그 와중에도 절에서 나오는 독경소리도 들었는데, 이제 와 회상해 보니 그 소리 역시 서해의 누런 바닷물 소리에 함께 섞이어서, 아직도 아른한 평화의 노랫소리 쯤으로 내 잠재의식에 맴돌고 있음을 느끼고 있었음이다.

반면 동네 어느 집에선 굿이나 푸닥거리가 심심치 않게 있었다. 아마 집안의 누군가가 역병에 걸려 그 귀신을 내쫓으려고, 혹은 전쟁때 돌아가신 백부의 혼백을 달래려는 그런 의도의 살풀이었던 것이리다. 초등학교 5학년 무렵인가. 우리 집에서 아버지 사업 잘되게 비는 굿을 한판 크게 벌였던 적이 있었다. 어린 마음에도 교육을 받은 탓에 이게 미신임이 틀림없고, 해서 남 보기에 부끄러웠다. 이를 지켜보면서 두렵기도 했으나, 작두 타는 무당의 모습을 보고는 기이한 호기심도 일었다. 성인이 돼서야 한 시대, 같은 문화를 함께 겪으며 살아지는 것이 모두 의미 있는, 좋은 경험인 것으로 비로소 자리

매김하게 됐다. 미신이 됐건, 불교가 됐건 기독교가 됐건 믿는 이의 마음에 어찌 기복의 마음이 없을 수 있겠는가. 기복을 극복한 온전한 마음을 얻을 수 있다면 더욱더 좋은 일일 터이고⋯⋯ 요즘은 그런 생각이다. 그뿐인가, 더는 보태지 않고 말해도 살펴보니 세상 모든 일이 결국 내 마음속에서 일어나는 것이란 데까지 천착하고 있는 중이다. 요즘 세상 일부 종교 지도자들이 사회적 현안에 대해 정치 쟁점화에 곧잘 불을 붙이는 모습을 목도한다. 내 소박한 종교관으로 보자면, 뭔가 집단적 이기심이나 과도한 자기 우월증의 마음이 개입되지 않았나 하는 우려. 영적 가치를 추구하는 종교의 본분상, 사회 현안에 대해서는 지혜로운 메시지를 전하면 되는 것이지, 극단적 행동화에는 마음이 편치 않은 것이다. 선형적 사고나 이분법적 논리라 하더라도 거기엔 분명 사랑과 자비의 마음이 깃들어 있었으면 좋겠다는 생각이다.

사랑의 노래, 자비의 노래

성경의 고린도전서 13장에 나오는 예수의 사랑에 대한 설교는 아마 사랑에 대한 이 세상의 어느 말보다도 가장 아름답고, 눈부신 말씀일 것이다.

내가 사람의 방언과 천사의 말을 할지라도 사랑이 없으면 구리와 울리는 꽹과리가 되고 내가 예언하는 능력이 있어 모든 비밀과 모든 지식을 알고 또 산을 옮길 만한 모든 믿음이 있을지라도 사랑이 없으면 내가 아무것도 아니요. 내가 내게 있는 모든 것으로 구제하고 또 내 몸을 불사르게 내줄지라도 사랑이 없으면 내게 아무 유익이 없느니라. 사랑은 오래 참고 사랑은 온유하며 시기하지 아니하고 사랑은 자랑하지 아니하며 교만하지 아니하며 무례히 행하지 아니하며 자기의 이익을 구하지 아니하며 성내지 아니하며 악한 것을 생각하지 아니하며 불의를 기뻐하지 아니하며 진리와 함께 기뻐하고 모든 것을 참으며 모든 것을 믿으며 모든 것을 견디느니라.

사랑은 언제까지나 떨어지지 아니하되 예언도 폐하고 방언도 그치고 지식도 폐하리라. 우리는 부분적으로 알고 부분적으로 예언하니 온전하신 것이 올 때는 부분적으로 하던 것이 폐하리라. 내가 어렸을 때에는 말하는 것이 어린아이와 같고 깨닫는 것이 어린아이와 같고 생각하는 것이 어린아이와 같다가 장성한 사람이 되어서는 어린아이의 일을 버렸노라. 우리가 지금은 거울로 보는 것 같이 희미하나 그때에는 얼굴과 얼굴을 대하여 볼 것이요. 지금은 부분적으로 아나 그때에는 주께서 나를 아신 것 같이 내가 온전히 알리라. 그런즉슨 믿음, 소망, 사랑 이 세 가지는 항상 있을 것인데, 그중에 제일은 사랑이라.

언제 다시 읽어봐도 흠 없는 사랑의 모습이 무엇인지를 되새기게 한다. 어른이 될수록 우둔해지는 우리의 마음을 고무시키는 말씀이 아닐 수 없다. 수사학적 측면에서 보자면 그 말씀의 리듬감, 흘러감이 아주 자연스럽고 유장하며, 시적인 감흥마저 느끼게 해준다.

성경에 나오는 사랑에 관한 예수의 이 가르침은 얼핏 보아 듣기 쉬운 말로 쓰여 있어 보인다. 하지만 사실 한 구절 한 구절 깊이 해독할라치면, 그리 간단치 않은 말씀임을 알게 해준다. 나는 간혹 예수께서 말씀하신 그 '사랑'이란 말에 '참나'란 말로 대입시켜 독해를 해 본다. 그럼 더 구체적으로 다가오는 감회를 느끼게 된다.

다른 말로 이해를 구해보자. 예수께서 이른 참사랑이란 인간의 분별하는 마음自我心에서 나온 생각들과는 무관한 것임을 어렵지 않게 알아챌 수 있으리라. 누가 자랑할 만한 지식이나 어떤 초인적 능력이나 예언 능력 같은 것을 갖고 있다 하더라도, 그런 것은 그에게 잠시 보유되고 있을 뿐인 것이다. 그런 능력들은 세상의 어디선가에서 빌려 온 것임이 틀림없다. 사실 그런 것들은 모두 무상無常한 일일 뿐이다. 덧없다는 말이다. 자아심의 집착에서 비롯되는 교만, 탐욕의 마음, 여러 화를 내는 일들도 역시 존재의 깊은 바탕에서 바라보면 그 모두는 어리석은 우리의 마음에서 흘러나온 것임을 알 수 있다. 어리석었다는 것을 안다는 일은 사실 얼마간의 시간이 흐른 뒤 뒤돌아 볼 때 그것이 믿을 만한 사실도 아니요, 가치가 없다는 것을 깨달아서인 것이다. 해서 이 모든 것들을 무상無相한 일이라 말하기도 한다. 다시 말해 이런 것들은 붙잡을 만한 실체가 있는 것도 아니요, 물에 비친 달그림자와 같다는 뜻이기도 하다. 이적異蹟이나 기적奇蹟 같은 능력을 누가 갖고 있다 하더라도 그것은 존재의 기반이 없는, 단지 '뛰어난 재주'에 불과할 뿐이다. 자신이 몸을 불사를 만큼, 누가 대단한 이타적 행위를 했을지라도, 이 역시 사랑이 없다면 그것은 개인의 방어적인 술책이나 '병리적' 행위에 흡사한 행동일는지도 모른다. 궁극의 앎을 가정한다면, 우리가 안다고 하는 것도 사실은 부분적인 것 일 수밖에 없다. 그러하니 진정한 삶을 찾아가려는 의도를 가졌다면, 먼저 교활하고, 이기적이며, 방어적인 마음의 자세(자아심)에서 벗어나, 어린아이 같은 천진무구한 눈으로 세상을 바라봐야 함이 옳다. 세상뿐 아니라 자신의 내면도 그런 순수하고 정직한 눈으로 봐야 함이다. 이런 마음의 자세가 기본적으로 갖춰져야 자신을 깨닫는 길이 온전히 열릴 수 있다는 말씀일 것이다.

주主라고 하는 말은 여기서 하나님을 뜻한다. 한데 주께서 나를 아신 것같이 내가 온전히 알게 된다는 말은, 어떻게 봐야 하느냐? 주께서 아신 것같이 내가 나를 알려면, 내가 주의 입장이 되어야 가능하지 않겠나? 논리상 그리돼야 맞는 이치일 것이다. 하나 어떻게 그게 가능하겠는가. 관념상으로는 그게 가능할 것으로 보이지만, 실제로는 불가능한 일일 것이다. 하지만 실마리는 이미 제시되어 있다. 예수께서 그 설교 중에 분명 드러내 주셨다. 예수께선 사랑에 대한 오해의 불식과 함께 우리가 깊은 성찰을 통해 진실 된 의미의 사랑을 찾게 되면, 그게 바로 주께서 나를 아신 것같이 내가 나를 보게 된다는 말씀을 전하셨다. 우리는 세상을 살며 이런 사랑, 저런 사랑을 찾아 헤매기도 한다. 너나없이 갖가지 사랑을 나름 곧잘 떠들어 댄다. 거개가 인간적 이해관계에서 비롯되는 사랑의 말들이다. 또 이런 사랑들은 개인적 소망이나 갈애葛愛를 담은 사랑들이 대부분이다. 철학적으로 말하자면 우리의 보통 사랑들은 흔히 사랑하는 대상이 있고, 사랑하는 자(나)가 있는 이원적 특성의 사랑들인 것이다. 예수께서는 우리 존재 자체가 '사랑'임을, 즉 '사랑체'임을 깨달아야 한다고 이르신다. 성숙한 의미의 사랑이 그러하다는 것을 이르신 말씀일 것이다. 천국에 이르는 길은 단지 믿음과 소망만으로 이루어지는 게 아닌 것이다. 개체 인간의 천국에 대한 열망이나 그 집착심만으로 성취되는 것도 분명 아니다. 개체 인간 스스로 자신이 사랑의 본체임을 깨닫고 확인하는 데서 천국에 이르는 길이 열릴 수 있을 거라 보는 것이다.

이러한 이해를 구했다면, 고따마·붓다께서 불佛을 비유하여, 항하(갠지스강)의 모래와 같다고 이르신 말씀 또한 같은 맥락에서 파악된다고 볼 수 있겠다. 『능가경』 제5권 찰나품에 보면, 붓다께서 대혜보살마하살에게 이렇게 설하신다.

(왜냐하면) 대혜여!. 비유컨대 항하의 모래는 거북이, 물고기, 코끼리, 말에 밟혀도 분별하지 않으며 항상 청정무구無垢(더러움이 없음)하니, 여래의 성지聖智가 저 항하와 같고, 역통자재力通自在 함이 저 모래와 같느니라. 외도外道와 거북이, 물고기가 다투어 와서 소란을 피워도, 불佛(부처)은 한 생각의 분별도 일으키지 않느니라. 왜냐하면 여래의 본원은 삼매락三昧樂으로서 중생을 두루 평안하게 함이니, 항하의 모래와 같이 애증이 없고, 분별이 없는 까닭이니라. ……대혜여! 비유컨대 항하의 모래를 아무리 힘껏 쥐어짜서 기름을 얻으려 해도 끝내 얻을 수 없는 것과 같이 여래 또한 역시 이러하여, 비록 중생의 모든 고통에 압박받아 꿈틀거리는 벌레가 되더라도 열반에서 다하지 않으며, 법계法界(온 우주) 중에서 깊고 깊은 마음의 원願과 낙樂을 버리고 떠나게 하여도, 또한 그렇게 될 수 없다. 왜냐하면 대비심大悲心을 구족하여 성취한 까닭이니라.

여기서 불佛은 우리의 근본 바탕이 되는, 본래 마음이라 생각하면 될 것 같다. 어래란 붓다께서 스스로를 일컫는 말이다. 갠지스 강의 모래는 수많은 생물이 거처하다가 지나는 곳이다. 그 위에 무엇이 똥을 싸고 짓밟고 지나가도 그 모래는 아무 분별을 하지 않고, 늘 청정한 채 남아 있다. 갠지스 강물은 노상 그 위를 스치며 흘러가 오염된 것들을 깨끗이 씻어 낼 것이다. 그 갠지스 강물은 곧 여래라 하는 붓다의 지혜를 비유한 것이고, 그 지혜는 우리 각자 인간들의 내면에 원래부터 지니고 있는 성품이기도 하다. 우리 역시 바로 붓다가 지니고 있는 성품과 다를 게 없다. 외도라 함은 그릇된 믿음을 가진 자, 아직 지혜가 성숙하지 못한 자로 봐도 무방할 것이다. 밖의 어떤 사물이나 요인들이 소란을 피워도 한 생각 분별을 일으키지 않는다 함은 인간의 자아심自我心에서 비롯된 것들이 다 무상無相한 것들이기에, 그런 것들에게 휘둘리는 바 없다는 뜻일 것이다. 여래의 본원, 삼매락은 세간의 모든 것을 떠난 영원한 즐거움을 말한 것이다. 물론 중생들도 얼마든 열반이 성취 가능하다는 것을 말씀하신 것이다. 갠지스 강의 모래처럼 애증이 없고, 분별이 없으나, 모든 것을 수용하는 태도. 여기에 덧붙여 여래는 소위 천국이나 열반이 있다 하더라도, 천국이나 열반으로 '도피'하는 일이 없다고도 이르셨다. 비록 벌레 같은 존재로 남을지언정. 그리고 혹여 어떤 상상으로 이 우주에서 여래를 떠나보내게 한다 할지라도 여래는 그렇게 될 수가 없는데, 그 이유는 여래는 이미 대자비심의 본체로 남아 있기 때문이란다. 이 얼마나 아름답고, 광대하며, 위 없는 사랑의 모습인가.

사랑에 대한 설교에서의 예수의 비유와 자비심에 대한 설법에서의 고따마·붓다의 비유는 사회, 역사, 문화가 상이한 지역에서 설한 까닭에 전하는 바가 다르게 나타날 수밖에 없으리라. 우리로서는 성현들이 전하고자 하는 뜻을 이해하면 그것으로 족한 것 아닌가. 사랑이 자비심이고, 자비심이 사랑 아닌가. 아니 더 정확하게 말하자면 깊은 자비심에서 우러나온 사랑이야말로 진정한 사랑일 것이다. 예수의 사랑에 대한 설교는 곧 우리가 '사랑체'임을 자각하는 일일 터이고, 붓다의 자비심에 대한 설법은 곧 우리가 본래 '자비심체'임을 깨달아야 한다는 것을 말씀하신 것이리라.

『능가경』 제5권 찰나품의 마지막에 붓다께서는 "지혜로서 안과 밖의 모든 것을 관찰하면 지知(주관, 인지하는 자)와 소지所知(객관, 인지하는 대상)가 모두 다 적멸(열반)이니라."고 이르신다. 주관과 객관이 없어진 경계가 가능한데 이게 바로 열반의 경계란 뜻이다. 다른 말로는 우주와 내가 하나가 됨Oneness이란 말이기도 하다. 나와 네가 개별적 존재로 있음을 모르는 것이 아니지만, 나와 너, 주·객을 분별하는 의식이 사라진 상태를 경험하면 열반의 경지, 또는 천국을 능히 알 수 있다 함이다. 여기서 말한 우주와 '하나가 됨'이란 뜻은 정신분석학의 창시자인 프로이트가 말한 나르시시즘적인 대양적 감정oceanic feeling과는 전혀 다른 의미체이다. '하나가 됨'은 태아가 어머니의 자궁 안에서 어머니와 하나가 되는 것 같은 그린 퇴행적 경험을 뜻하지 않는다. 이것은 어떤 대상에 대한 순전한 몰입을 통해 얻어지는 '하나 됨의 감정'과 같은 것인데, 결국 이런 경험을 해보면 일체 사물이 평등하다는 생각이 옳다는 확신에 이르게 한다. 이런 생각은 이어 사랑이 실상 우리 존재의 기반임을 느끼게 해준다.

우리가 천국이나 열반을 찾으려 하는 것은 우리 각자가 근본 마음으로 돌아가려는 의도를 누구나 갖고 있어서, 그런 것 아닌가. 그러기에 나는 인간은 누구나 초월의식에 대한 무의식적 소망을 하고 있다고 본다. 해서 이런 마음을 담고 있을진대, 이기심 가득한 마음(자아심)에서 비롯되는 '사랑'들은 모두 소리 나는 꽹과리로 보일 수밖에 없을 것이다. 자만심, 이기심, 지식에 대한 자랑, 재산이나 명예를 갖고 교만을 부리는 행위를 불가佛家에서는 모두 분별심에서 나온 마음이라고 본다. 모든 존재는 오직 자기 마음ego으로 분별하여 보는데, 그것은 깨닫지 못한 까닭에 그러함이니, 그 마음을 깨달아야 열반에 들 수 있다고 붓다는 경전의 여러 곳에서 자상하게 이르신다. 스스로 어떤 존재인지를 깨닫지 못하고서야, 사랑을 제대로 알 수도 없거니와, 자비심도 알기 어렵다.

우리는 각자 우리가 태어난 본래의 고향으로 가는 여정에 있으리라. 그 고향으로 가는 길을 잃는다면, 생각건대 고달픈 윤회의 삶만이 기다릴 것이다. 하나 고향으로 가는 길은 늘 우리 앞에 환하게 열

려 있으니, 그 길을 환히 비추고 있는 것은 바로 사랑과 자비라, 나
는 믿어 의심치 않는 바다.